Le Livre de Poche
Jeunesse

Molly Burkett est anglaise. Elle ouvrit d'abord avec John, son mari, un refuge pour les animaux sauvages dans le Hampshire, une région du Sud de l'Angleterre. Mme Burkett a écrit de nombreux articles et ouvrages, seule ou en collaboration avec son mari, qui travaille au Fonds international pour la protection des animaux sauvages. Mais tous deux consacrent maintenant l'essentiel de leurs activités au refuge qu'ils ont organisé dans le comté de Lincoln.

La maison du bonheur

Molly Burkett

La maison du bonheur

Traduit de l'anglais
par Marie-Claude Greig
Illustrations de Patrice Douénat

Éditions G.P.

L'édition originale de ce roman
a paru en langue anglaise
aux éditions W.H. Allen & Co Ltd, Londres,
sous le titre :
A HOME FOR ANIMALS

1

Chouchou

J'avais huit ans, huit ans et demi très exactement, quand maman est entrée dans ma chambre avec, dans le creux de la main, un petit animal que je pris pour un oisillon. C'était, en réalité, une toute petite chouette, plus précisément un bébé effraie.

« Oh ! là ! là ! » dis-je, en avançant la main pour toucher la petite boule de couleur claire que maman tenait avec tant de précautions.

La petite bête n'avait apparemment pas la force de se dresser sur ses pattes ou de lever la tête, mais je savais qu'elle était vivante car je voyais ses flancs se soulever légèrement. Comme je la touchais du doigt, elle tourna quand même la tête de mon côté.

« Oh ! » répétai-je, étonnée par tant de douceur.

Mais je reculai vite. Quelle horreur !

Je n'avais jamais rien vu de si laid. Oubliée la douceur des jeunes plumes sous mon doigt, cet oisillon avait un bec gigantesque, qui coupait, pour ainsi dire, sa petite tête en deux. Cela lui donnait une curieuse expression, à la fois renfrognée et menaçante. Rien que de la voir bouger si faiblement de droite à gauche, cette tête me donnait le frisson.

Je n'avais encore jamais vu de si petite effraie. Je restai là à la regarder, hypnotisée par tant de laideur. Nous avons pourtant vu passer à la maison toutes sortes d'animaux, jamais encore je n'en avais vu un aussi dénué de charme. Cet oisillon-là était tout bonnement repoussant.

Maman avait dû lire mes pensées sur mon visage, car elle éclata de rire :

« Il est si laid qu'il en est attendrissant, me dit-elle. On ne peut résister à l'envie de s'en occuper, ne trouves-tu pas ? »

Ah non ! Je ne voulais surtout pas m'en occuper, moi ! Je ne voulais plus jamais le toucher ! Et pourtant, en un sens, maman avait raison. Une laideur pareille était fascinante. Je n'arrivais pas à détourner les yeux.

C'est à ce moment que papa entra. Il

reconnut immédiatement ce que maman tenait dans le creux de sa main.

« D'où sort-elle ? demanda-t-il.

— Je l'ai prise dans la volière, répliqua maman.

— N'aurait-il pas mieux valu l'y laisser ?

— Non, expliqua maman. Tu sais bien que ces bébés effraies ont été abandonnés par leur mère à leur naissance. Je n'arrive pas à comprendre pourquoi, mais je crois qu'elles veulent les faire mourir.

— Ce sont des choses qui arrivent, même chez les chouettes en liberté, dit papa. Le fait qu'elles soient dans la volière ne change rien.

— Peut-être, mais je les soupçonne de se débarrasser de leur couvée lorsque les petits présentent une infirmité quelconque, continua maman.

— Cet oisillon-là me paraît parfaitement constitué, remarqua papa.

— C'est vrai, mais les oiseaux n'ont-ils pas le don de prémonition ? Regarde comme les chouettes n'ont pas plus de petits qu'elles ne peuvent en nourrir, comment le savent-elles, dis-moi ? Je suis sûre que ces effraies savent instinctivement que leurs petits seront infirmes, alors que nous, nous sommes incapables de nous en rendre compte. Eh bien, je me charge d'élever ce bébé-là, moi ! On verra si j'ai raison. »

Papa poussa bien un grognement, mais il ne dit plus rien. Il se plaint toujours que nous recueillions trop de bêtes. Pourtant, il est toujours le premier à sauter dans la voiture pour aller chercher un animal en difficulté.

C'est que mes parents ont un refuge pour animaux où ils soignent toute espèce de bêtes sauvages, malades ou blessées, avec, pour seul objectif, de les remettre en liberté, une fois guéries, dans un endroit qui leur convienne. Nous ne nous souvenons pas, mon frère et moi, d'avoir jamais vu notre maison et notre jardin vides d'animaux. Il ne s'est jamais passé une journée sans que nous ayons à nous occuper de nombreux petits pensionnaires. La jeune effraie dont je vous parle n'est que l'un des deux mille oiseaux que nous avons recueillis ces dernières années.

Certaines de mes petites amies pensent que j'ai beaucoup de chance, d'autres trouvent mes parents bizarres, surtout quand j'arrive en retard à l'école, parce qu'il m'a fallu aider maman à faire descendre un cygne du haut d'un silo, ou à récupérer un blaireau tombé au fond d'un trou.

Quant à ma grand-mère, elle n'a jamais compris notre façon de vivre. Pourtant, elle connaît papa et maman depuis plus longtemps que nous ! Eh bien, il paraît qu'ils l'étonnent encore ! Elle ne s'habituera jamais à nos pensionnaires. Lorsque l'un d'eux se conduit d'une façon qu'elle désapprouve plus particulièrement, elle le regarde droit dans les yeux, et puis elle déclare à la cantonade :

« Voilà qu'il y a un renard dans mon fauteuil ! »

Ou :

« Que fait cet oiseau dans les petits coins ? »

Ou :

« Cette fois-ci c'est un guillemot qui s'est fourré sous mon lit ! »

On dirait que les pauvres n'ont pas le droit d'être là où ils sont !

Il nous arrive souvent d'avoir en pension tant de bêtes à la fois que nous sommes bien obligés d'en prendre certaines chez nous, car le jardin n'est pas assez grand. C'est ainsi que cette petite effraie, que nous avions immédiatement baptisée Chouchou, s'installa à la maison. Cela eut l'heur de lui plaire. Ce en quoi elle n'a pas été la seule, d'ailleurs.

2

Les effraies

En grandissant, Chouchou devint une jolie effraie mâle, au ventre d'un blanc de neige, au plumage jaune-roux et gris. Son bec n'avait pas changé de taille. S'il était toujours assez grand pour lui permettre d'avaler toute crue une proie de la taille d'un jeune rat, il était maintenant proportionné au reste de son corps. Chouchou était un bel oiseau, hélas ! c'était un oiseau qui ne pouvait pas vraiment voler. Son ossature était pourtant parfaite, mais les tendons de ses ailes n'étaient pas là où ils auraient dû être, et cela le handicapait pour voler. Peut-être bien que maman avait raison après tout. Elle disait que ses parents l'auraient laissé mourir parce qu'ils auraient su, d'instinct, que leur petit était infirme.

Chouchou ne fut pas long à s'approprier

notre salle à manger. Il y était comme chez lui. Du reste il ne fut pas le seul de son espèce à prendre pension chez nous cet été-là.

Un jour le téléphone sonna. Je décrochai. Un homme à l'accent prononcé des paysans du comté de Lincoln me demanda si nous pouvions nous charger du *chtit hibou* qui était dans sa grange. Impossible de le faire taire ! Je criai alors qu'il fallait que j'aille chercher maman. Celle-ci eut aussi le plus grand mal à placer un mot. Elle finit par comprendre que ce chtit hibou ne pouvait pas voler, et promit d'aller le chercher le soir même, quand elle en aurait terminé avec ses protégés.

Nous partîmes à sept heures, car j'avais décidé de l'accompagner. Le fermier, qui s'appelait M. Gotobed, avait, paraît-il, expliqué à maman comment se rendre chez lui.

Dire qu'en quittant la maison nous avions pensé être de retour à neuf heures ! Il était plus de dix heures quand nous arrivâmes chez M. Gotobed. S'était-il trompé en donnant ses explications, ou maman l'avait-elle mal compris ?

Je ne sais, mais ce que je sais c'est que nous nous sommes bel et bien perdues, elle et moi ! C'était la première fois que je me trouvais dans les Fens[1] à la tombée de la nuit. Le silence et la solitude de ces immenses étendues sans haies et sans arbres me parurent d'une étrangeté presque angoissante. Aucune lumière ne dépassait des portes et fenêtres des rares maisons isolées que nous aperçûmes. C'était à croire que nous étions les seuls êtres vivants dans ce paysage inhabité. Maman s'exclama qu'elle était contente de m'avoir avec elle. Je comprenais ce qu'elle voulait dire. Cela ne m'aurait pas plu, à moi non plus, de me trouver seule dans ce désert.

Nous finîmes par passer devant un bistrot encore ouvert, où l'on nous renseigna. Nous tournions en rond, semble-t-il, depuis près d'une heure, si bien que nous étions plusieurs fois passées tout près de la ferme des Gotobed.

Enfin arrivées, nous crûmes d'abord que tout le monde était couché. On ne voyait pas un rayon de lumière. Pourtant, la porte s'ouvrit dès que maman frappa. Sans même demander notre nom, M. Gotobed nous fit entrer. Toujours aussi bavard, il nous pré-

1. Les Fens : plaines marécageuses à l'est de l'Angleterre.

senta sa femme et son fils. Puis, prenant une bouteille au fond d'un placard, il versa à chacun de nous une bonne rasade d'un vin qu'il avait fait lui-même, nous dit-il. Je regardai maman avec appréhension. Elle devient très gaie dès qu'elle a bu un verre de xérès. Je me demandais quel effet aurait le vin de M. Gotobed sur elle.

Les Gotobed étaient, paraît-il, une vieille famille de la région. Ils n'étaient jamais sortis de leur comté, ce dont ils ne se souciaient guère, si bien qu'ils ne savaient que ce qui se passait dans leur coin, et rien d'ailleurs. Ils étaient parfaitement heureux de la vie paisible qu'ils menaient au milieu des Fens. Comparé à d'autres, leur intérieur était modeste, les fauteuils vieux et usagés, et il n'y avait ni télévision ni radio. La pièce où nous nous trouvions n'était éclairée que par une lampe à huile, mais un énorme feu brûlait dans la cheminée. Tout respirait la propreté ; on était bien chez eux.

Comme nous goûtions à son vin, M. Gotobed se mit à nous parler de sa famille, qui était, nous dit-il, originaire des Pays-Bas.

« Avant, racontait-il, nos terres rapportaient peu. Il y avait trop souvent des inondations l'hiver, quand la mer était mauvaise. Alors, des semaines durant, on ne pouvait circuler qu'en barque. Ce sont les prisonniers de guerre qui ont asséché les marais. Ça n'a pas été du goût de tout le monde, certains se sont plaints, disant qu'ils braconnaient sur leurs terres, puis ils ont cherché à s'en débarrasser, ce qui ne s'est pas passé sans incidents sanglants. On dit qu'on trouverait des os d'une bonne douzaine de Français au fond de la digue qui longe la mer... »

Au regard que me jeta maman, je compris soudain qu'il s'agissait des guerres de Napoléon et que les Français en question étaient des soldats de l'Empereur qui, faits prisonniers, avaient été ramenés dans cette région de l'Angleterre. A écouter M. Gotobed, vous auriez pu croire que tout cela s'était déroulé la veille. Il aurait continué de parler la nuit entière si sa femme ne lui avait pas rappelé la raison de notre présence :

« Albert, si on montrait notre chtit hibou à cette dame ? »

Interrompu au beau milieu d'une phrase, son mari lui jeta un œil noir. Sans un mot de plus, il sortit de la pièce.

Il revint avec un carton qu'il alla poser sur la table.

« C'est son aile, elle est en piteux état », nous dit-il.

Maman plongea les deux mains à l'intérieur de la boîte. Elle en sortit une effraie, qui ne me parut pas en mauvaise santé. Elle avait le même plumage jaune-roux et gris que Chouchou, mais, en revanche, la gorge tachetée ; nous sûmes donc immédiatement que cet oiseau-là était une femelle. Je m'approchai : maman examinait de près l'articulation de l'une des ailes. Elle était raide et gonflée. Maman la déplia avec douceur, puis elle la laissa retomber. On entendit un léger bruit sec. L'aile n'était que luxée. Maman l'avait remise en place.

Les Gotobed étaient enchantés ! Maman proposa de remettre l'effraie à l'endroit où on l'avait trouvée. Nous traversâmes la cour à la suite de M. Gotobed. Sous le clair de lune, les bâtiments de la ferme prenaient des formes bizarres ; ils s'allongeaient, changeant d'aspect au gré des nuages.

Il faisait un noir d'encre, dans cette grange. Grâce à la lampe que M. Gotobed tenait à bout de bras, je me rendis vite compte que c'était bien le genre d'endroit qu'apprécient les hiboux et les effraies. C'était une construction assez vaste de même niveau, sauf à l'une des extrémités plus haute de

plafond. Une échelle était posée contre le demi-plafond.

« C'est là qu'il était, ce chtit hibou, déclara le fermier. Il faisait un tel raffut là-haut, que j'ai cru qu'il y avait des rats, j'ai donc conduit mon chien là-bas pour tirer l'affaire au clair. Quand celui-ci s'est mis à aboyer comme un forcené, j'ai préféré aller voir moi-même. Il n'y avait qu'un chtit hibou dans ce coin-là.

— Je vais l'y remettre », dit maman, l'effraie dans une main, en posant le pied sur l'échelle.

Elle était déjà sur le sixième barreau quand celui-ci se décrocha, de même que les cinq premiers. Pauvre maman, elle redescendit plus vite qu'elle n'était montée pour atterrir, heureusement, dans un bon tas de paille.

« Aïe, aïe, aïe ! dit le fermier qui n'avait pas l'air surpris, c'est le malheur, avec cette échelle ! »

Rien qu'à voir la tête que faisait maman, je devinai qu'elle mourait d'envie de dire à M. Gotobed ce qu'elle en pensait de son échelle. Mais elle se contint. Se remettant debout tant bien que mal, elle demanda :

« Où est donc l'effraie ?

— Hé oui ! où est-il donc ce chtit hibou ? » dit M. Gotobed.

Nous avions, lui et moi, regardé maman dégringoler, si bien que ni lui ni moi n'avions vu où était passée l'effraie.

Maman savait bien que son aile s'était remise en place, mais cela ne lui suffisait pas. Il fallait qu'elle voie où l'oiseau était allé se percher !

« Il doit être sur un chevron », déclara maman.

Mais cette effraie n'était nulle part ! Nous fouillâmes la grange de fond en comble ; M. Gotobed remit les barreaux de l'échelle en place et, cette fois-ci, maman monta jusqu'en haut sans dégringoler. Ce n'était pas facile de faire des recherches avec cette lanterne qui n'éclairait pas à plus d'un mètre. Je ne quittais pas les deux autres. Cette grange ne m'inspirait pas confiance. On entendait des grincements, des grattements. Maman eut beau me dire que mon imagination, une fois de plus, me jouait des tours, j'étais sûre d'avoir vu un rat traverser juste devant moi.

Nous finîmes quand même par découvrir notre effraie. Elle était par terre, la tête pressée entre deux gros sacs, comme si elle ne voulait pas qu'on la trouve.

Malheureusement elle s'était à nouveau luxé une aile.

« Il va falloir que je l'emmène, dit maman. Elle a besoin d'être plâtrée. Une luxation est souvent plus difficile à soigner qu'une fracture. Une fracture, ce n'est que deux bouts d'os à recoller. Une luxation, c'est toujours plus délicat. On n'est jamais sûr que l'aile ne va pas à nouveau se démettre. de plus, les muscles et les ligaments sont fréquemment touchés.

— Moi, je n'y connais rien, remarqua M. Gotobed, mais ce que je sais c'est que ce chtit hibou et son compagnon ont trois œufs, là-haut, dans leur nid. Pour sûr, ils seront cinq avant bien longtemps. Gare à vous, les petites souris ! Ah ! mais c'est que si vous me prenez la mère, qui va s'occuper des petits ? Il y a des hiboux dans notre ferme depuis la nuit des temps. Je ne veux pas qu'il leur arrive malheur, à ces bêtes !

— Je ne vois pas d'autre solution, dit maman. Il ne faut pas attendre pour remettre cette aile en place. Tout ce que je peux faire, c'est vous promettre de vous rendre votre effraie dès que possible. A mon avis, quatre ou cinq jours dans le plâtre et elle sera guérie. »

Cela parut convenir à M. Gotobed. En

nous raccompagnant à notre voiture, il se mit à nous parler des animaux de sa ferme. Impossible de l'interrompre ! Maman comprit que mieux valait renoncer à lui dire au revoir. Quand elle démarra, il parlait encore.

Elle voulut rapporter l'effraie dès la fin de la semaine. Saint-John insista pour nous accompagner. De jour, le voyage n'était pas si terrifiant. Maman avait remis en place l'aile de la petite blessée, puis elle l'avait plâtrée deux jours entiers. Cela avait dû suffire, parce que, à peine papa avait-il ôté le plâtre, que le hibou s'était envolé gaiement dans la volière.

A notre arrivée, M. Gotobed se trouvait dans la cour de sa ferme. Je ne saurais vous dire s'il était, ou non, content de nous revoir car il nous accueillit avec le visage impassible qu'ont les paysans de son comté devant les étrangers. En revanche, il parut enchanté de revoir son effraie. Quand maman la sortit du carton, il sourit d'une oreille à l'autre.

Cette fois-là, maman refusa de grimper à son échelle. Pourtant les barreaux étaient bien en place, mais elle ne tenait pas à prendre de risques. Elle alla se placer au milieu de la grange et, les deux paumes en l'air bien à plat, elle souleva la jolie effraie, qui s'envola sans plus attendre. Le rayon de soleil entrant par la porte laissée entrouverte fit scintiller le duvet de son ventre, qui était d'un blanc de neige. Ce fut un spectacle presque irréel. Le bel oiseau alla immédiatement se percher sur un chevron, d'où il nous regarda quitter la grange.

A peine étions-nous de retour à la maison que le téléphone sonnait. C'était M. Gotobed. Le chtit hibou était à nouveau en piteux état ! Son compagnon n'en avait plus voulu. Sans hésiter, maman décida d'aller le chercher.

Maman n'avait rendu l'effraie si vite que pour lui permettre de couver ses œufs. Hélas ! en son absence, une autre avait pris sa place ! A peine rentrée chez elle — ou plus exactement ce qui avait été chez elle — plusieurs autres hiboux l'avaient attaquée, cherchant à la faire fuir. Maman nous raconta qu'elle avait voulu voir de ses propres yeux. Elle était donc courageusement remontée à l'échelle. Une autre effraie, en effet, occupait le nid. Près d'elle, menaçant, il y avait un mâle, et celui-ci, voyant maman, s'était dressé, en ululant. En voilà un qui n'avait pas mis longtemps à remplacer sa femme...

Nous nous retrouvâmes avec une effraie

bien mal en point : un œil fermé, deux méchantes coupures à une aile. Blessures qui, toutefois, n'auraient rien eu de grave, si l'état général de la petite bête n'avait pas laissé à désirer. C'était comme si elle avait perdu le goût de vivre. Elle se laissait soigner, mais elle restait très abattue, ne voulait rien manger. Nous devions la forcer à avaler trois fois par jour un peu de nourriture.

Le vétérinaire mit l'aile blessée dans une attelle. Il nous conseilla de traiter cette luxation comme une fracture, et de garder, trois semaines durant, l'effraie immobilisée au fond d'un carton. Comme la salle à manger était, dans la maison, l'endroit le plus au calme, et que nous y avions déjà trois boîtes contenant chacune un oiseau blessé, nous décidâmes d'y installer notre malade.

Nous avions oublié que Chouchou passait la plus grande partie de son temps derrière le radiateur de cette même salle à manger ! Un beau matin, nous entendîmes maman pousser un cri d'étonnement. En se penchant pour prendre l'effraie, à qui elle voulait donner la becquée, elle avait découvert deux oiseaux côte à côte. Chouchou avait trouvé le moyen de se faufiler à l'intérieur de la boîte ! A partir de ce jour-là, il nous fut impossible de l'empêcher d'y rester. Je suis sûre que c'est lui qui redonna à la blessée le goût de vivre. Il avait beau être le plus jeune des deux, c'est lui qui se chargea désormais de lui apporter sa nourriture, c'est lui qui la convainquit de s'alimenter. Il n'en resta malheureusement pas là ! Très vite, il lui apprit aussi les mille tours qu'il avait dans son sac, l'encourageant à le suivre dans tous les recoins de la salle à manger. Maman passa bien du temps, au début, à remettre l'autre effraie dans sa boîte. Bientôt, découragée, elle abandonna.

Et c'est ainsi que nous nous retrouvâmes avec deux effraies, dont les petites têtes sortaient de derrière le radiateur, ou apparaissaient brusquement dans l'embrasure de la porte, quand nous avions des visiteurs. Cette seconde effraie, aujourd'hui guérie, n'est cependant pas aussi familière avec nous que Chouchou, qu'elle continue à suivre partout, avec une confiance touchante à voir.

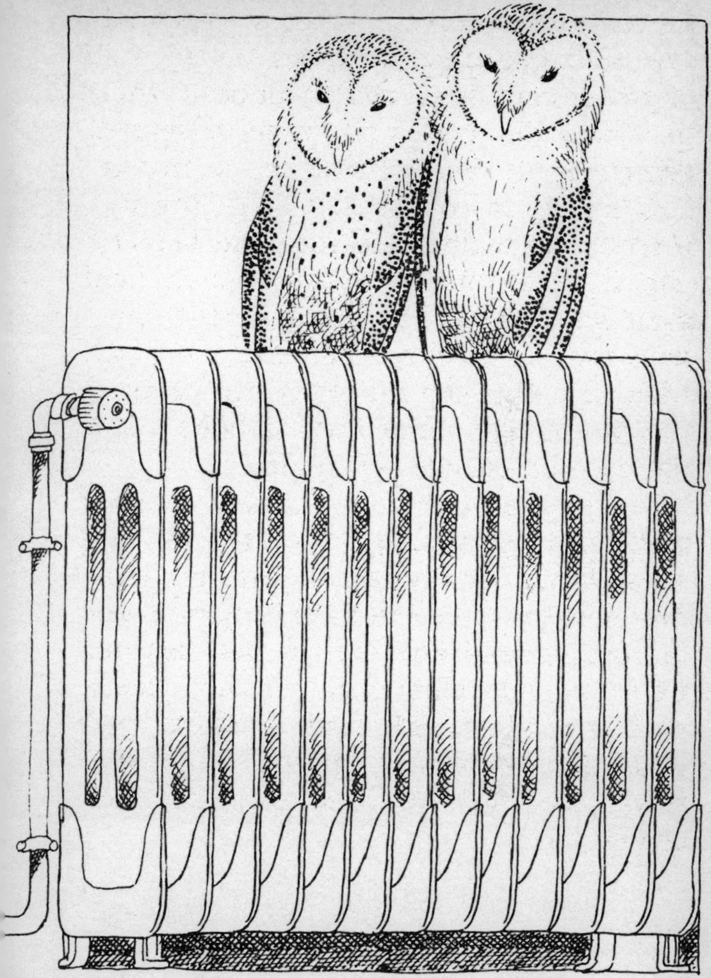

3

La belette

Ces deux effraies, avant peu, dépassèrent les bornes ! Passe encore qu'elles fassent les folles dans la salle à manger, où elles jouaient interminablement à chat perché, mais, quand elles se mirent à se promener dans toute la maison, nous allâmes de mauvaise surprise en mauvaise surprise ! Imaginez ce que c'est de se réveiller le matin en face d'une effraie qui vous regarde droit dans les yeux ! La situation était encore pire quand nous avions des invités, parce que ces deux-là trouvaient toujours le moyen d'aller se cacher dans la chambre d'ami et de n'y faire leur apparition qu'aux environs de deux heures du matin. Un jour, grand-mère se réveilla en hurlant au milieu de la nuit. Nous nous précipitâmes, la croyant à l'agonie.

« Quelqu'un me mordille les doigts de pied », dit-elle, haletante.

Ce n'était que Chouchou, qui avait envie de faire la causette ! Une autre fois, papa invita une relation d'affaires. Ce monsieur se leva à minuit pour aller coucher dans sa voiture ! Il ne nous a pas donné d'explication ; nous n'avons pas eu besoin de lui en demander car, au matin, quand papa est entré dans la chambre, il a vu que son invité s'était envolé, et il a également vu deux effraies sur l'oreiller, à sa place !

Ah ! ces deux-là, on ne savait jamais où elles allaient se fourrer. Elles vous tombaient toujours dessus sans crier gare...

Dame Belette, elle aussi, arriva sans prévenir.

Un jour que j'étais entrée dans la réserve chercher des noix pour mon cheval, je crus apercevoir une tête brune qui dépassait d'un sac et qui, me voyant, pfft..., disparut ! Je n'avais pas eu le temps de reconnaître de quel animal il s'agissait, il s'était éclipsé trop vite. Je n'avais entrevu qu'une petite tête en fourrure marron, une petite tête qui, sûrement, n'aurait pas dû se trouver là ! Sans perdre de temps, je courus chercher maman. Je lui dis que je craignais qu'il n'y ait des rats dans la réserve. Une fois de plus, elle

me déclara que mon imagination me jouait des tours. Je savais bien, moi, que j'avais vu quelque chose bouger ! Et maman qui ne se pressait pas d'aller voir ! Pourtant, dès qu'elle ouvrit la porte, elle dut avouer que j'avais raison. Une tête minuscule émergeait du sac en question. Cette fois-ci encore, ce ne fut qu'un éclair de fourrure marron. Maman n'était guère plus avancée que moi.

« Je ne pense pas que ce soit un rat, dit-elle toutefois. Il est trop foncé. C'est peut-être un campagnol, mais je n'en suis pas sûre... »

Comme nous ne voulions pas plus l'une que l'autre mettre la main au fond du sac, nous secouâmes légèrement celui-ci. Le bruissement qui en résulta nous confirma que l'intrus était à l'intérieur. Maman remit alors le sac bien droit, puis elle posa sur l'ouverture un carton qui faisait comme un couvercle. Elle tenait à s'assurer que le mystérieux animal resterait enfermé jusqu'au retour de papa. Nous avions beau penser qu'il ne s'agissait pas d'un rat, nous ne pouvions prendre le moindre risque. En effet, dans ma famille, nous n'avons pas peur de beaucoup de bêtes, croyez-moi, mais des rats, oh oui !

L'automne, quand les rats remontent la

rivière jusqu'à notre jardin, nous prenons toujours un maximum de précautions. Nos bêtes sauvages, nos oiseaux sont bien plus terrifiés par les rats que par toute autre chose. Si des rats s'installaient dans notre réserve, ce serait pour nous un véritable désastre. D'abord, parce que ce sont des animaux dont il est presque impossible de se débarrasser, quand ils sont dans un endroit où ils trouvent de quoi se nourrir en abondance. Ensuite, et c'est ce qui nous effraie le plus, parce qu'ils transmettent des maladies toujours très graves. Savez-vous qu'il suffit parfois à un être humain de toucher un objet contaminé par un rat pour attraper un microbe dangereux ?

Nous avons des provisions évidemment bien plus considérables que celles d'une famille ordinaire. A la maison, nous sommes déjà quatre, plus un chien, un chat, mon cheval, plus, en pension, en moyenne, deux à trois cents animaux sauvages, oiseaux compris. Nous faisons, bien sûr, presque tous nos achats en gros. Le poisson, par exemple, nous arrive de Grimsby par caisses de vingt-cinq kilos. Chaque semaine, nous achetons cinquante kilos de pain rassis et une centaine de kilos de vieilles pondeuses. Mais la nourriture de base de nos bêtes ce sont les poussins d'un jour, aliment idéal, parce que contenant toutes les protéines dont nos protégés ont besoin. Il arrive parfois qu'à l'arrivée l'un de ces poussins vive encore. Dans ce cas-là, mon frère et moi l'installons dans une chambre, bien au chaud. Mais il est rare, malheureusement, que nous réussissions à l'élever. Pour en revenir au petit animal dont je vous parle, si je n'avais pas vu sa minuscule tête brune, j'aurais cru qu'il y avait un poussin encore vivant dans le sac, parmi les poussins morts.

Maman repartit, disant qu'il n'y avait qu'à attendre papa. Moi j'étais poussée par la curiosité. Je ne quittais pas le sac des yeux. Soudain, je vis le couvercle de carton se soulever. Je ne pus m'empêcher de pousser un léger cri de surprise, ce qui eut immédiatement pour effet de le faire retomber. Je ne savais toujours pas qui était l'intrus, mais j'étais maintenant sûre que nous n'étions pas en présence d'un rat. Cette petite bête était par trop minuscule.

Dès que papa fut de retour, je l'entraînai dans la réserve pour lui montrer le sac. Quelque chose, ou plutôt quelqu'un, bougeait à l'intérieur. On entendait le même léger bruissement. Je sortis pour aller chercher maman à la cuisine. Papa nous y rejoignit. Il portait un pot à confitures qu'il obstruait de sa main droite.

« Regardez ce que j'ai trouvé, dit-il, retirant brusquement la main. C'est une belette ! »

Trop curieuse pour attendre que nous nous approchions et fassions sa connaissance, celle-ci sortit sa minuscule tête du pot. Deux yeux sombres nous dévisagèrent puis, sans plus s'attarder sur nous, se posèrent tour à tour sur les meubles et le linoléum de la cuisine. En tout cas, en voilà une à qui nous ne faisions pas peur !

« D'où peut-elle donc sortir ? s'interrogea papa. Elle était sûrement déjà dans le sac quand on l'a apporté. Comment diable a-t-elle fait pour y entrer ? Ces sacs sont toujours soigneusement fermés avant de quitter la ferme, et celui-là n'est pas troué. »

Nous n'avions pas plus que lui la moindre idée de la façon dont cette belette nous était arrivée. D'ailleurs, quelle importance ? La seule chose qui comptait, puisqu'elle était là, c'était de décider ce qu'il fallait en faire.

« Elle m'a l'air en parfaite santé, cette petite bête, dit maman. Il suffit d'aller la relâcher dans un champ.

— Mieux vaut peut-être attendre un peu, répliqua papa. Je commence à me demander si je ne me suis pas trompé. Peut-être s'agit-il plutôt d'une très jeune hermine ? Regardez ce museau encore tout rose... Croyez-vous qu'elle tétait encore sa mère ? »

Le museau de la petite bête était en effet plus aplati et plus rose que celui des belettes et des hermines à qui nous avions eu affaire. Comme celle-ci n'était guère plus grosse qu'une souris, papa avait d'abord pensé que c'était une belette. Mais ce pouvait être une toute petite hermine, après tout.

La nouvelle arrivée ne paraissait aucunement effrayée par notre présence, témoignant en cela d'une confiance qu'on ne trouve, le plus souvent, que chez les très jeunes animaux. Ayant rempli de lait une cuiller à entremets, je la lui présentai, ce qui eut pour effet de la faire plonger au fond du pot ! Mais elle était bien trop curieuse ! Quelques instants plus tard son petit museau passait à nouveau par-dessus le verre. Visiblement, elle hésitait. Elle regarda fixement la cuiller, puis elle tourna la tête, une fois, deux fois, et finalement se décida à la renifler. Brusquement, elle tira la langue et se mit à laper le lait dont, bientôt, il ne resta plus une goutte.

Nous étions maintenant presque persuadés d'être en présence d'un tout jeune

animal, d'un animal qui n'avait, en tout cas, jamais vu d'être humain et qui n'en avait aucunement peur. Si nous avions été sûrs d'être devant une bête adulte, nous l'aurions immédiatement remise en liberté, avant qu'elle ne s'habitue à nous. Puisque nous hésitions, mieux valait la garder quelques jours.

« Tiens-la, me dit papa. Moi, je vais lui trouver une cage. »

Comme je fermais le pot avec ma main, la petite bête essaya d'écarter mes doigts de son museau. Chaque fois que je faisais bouger le bocal, elle plongeait au fond, y restait tapie quelques instants, et puis je sentais à nouveau son petit nez se faufiler entre mes doigts.

Papa revenait déjà avec une cage qu'il posa dans un coin de la réserve et dans laquelle il plaça une petite boîte qu'il avait percée d'un trou d'environ cinq centimètres de diamètre. Nous installâmes celle que nous appelions déjà Dame Belette. Elle tomba en arrêt devant la petite boîte, et puis elle se mit à y entrer et à en sortir, comme une folle. Ce manège l'amusait visiblement beaucoup. Ce qui n'a rien d'étonnant, d'ailleurs : les belettes et les hermines sont fascinées par les ouvertures.

C'est pourquoi on les attrape si facilement. Notre nouvelle pensionnaire n'était pas exceptionnelle.

La nourrir ne posa aucun problème : elle était friande de lait et dévorait des soucoupes entières de viande crue. Je m'émerveillais de voir un si petit animal avoir un si gros appétit. Mais c'est sa curiosité qui m'amusait le plus. Il fallait toujours qu'elle soit au courant de tout. Au moindre bruit, elle sortait de sa boîte et, de ses yeux perçants, scrutait le plus petit recoin de la réserve. Quand elle était particulièrement intriguée par quelque chose — par exemple quand maman préparait son repas — elle se mettait sur ses pattes de derrière et balançait d'avant en arrière, d'un mouvement souple et gracieux, son joli petit corps. Étrange danse du ventre !

Plus tard dans la journée, lorsqu'elle voulut bien se tenir un peu tranquille, nous l'examinâmes de plus près. C'était un animal gracile, de sept ou huit centimètres de long, pas plus, à la fourrure marron, sauf au ventre, où elle était blanche. Cependant le bout de sa queue n'était pas noir comme chez les hermines. Nous avions élevé plusieurs hermines, mais aucun de nous ne se rappelait si, très jeunes, elles avaient déjà cette marque caractéristique. Nous recherchâmes donc dans nos livres. Ils disaient tous que les hermines naissent avec le bout de la queue noir. Nous ne nous étions donc pas trompés. C'était bien une belette. Il y a, le savez-vous ? deux espèces de belettes. Les plus communes, celles de notre région, sont très petites. Ailleurs, elles sont souvent beaucoup plus grosses. Nous décidâmes qu'après tout celle-ci devait avoir atteint sa taille adulte.

Il n'y avait donc plus de raison de la garder en cage. Maman pensait qu'il suffisait de la relâcher dans un champ. Or papa déclara :

« Oui, mais pas immédiatement. Cette petite bête s'est habituée ces jours-ci à vivre enfermée. Elle ne trouvera pas facile de reprendre sa liberté, surtout qu'elle va se trouver en terrain inconnu. Il vaut mieux qu'elle parte quand elle en aura envie. Lâchons-la, certes, mais ici. »

Nous fîmes donc une ouverture dans le bas de la porte donnant sur le jardin, et puis nous ouvrîmes la cage. Dame Belette, à vous la liberté ! Mais si, justement, la liberté n'était pas de son goût ?

Nous pensions qu'elle se sauverait pendant la nuit. Quelle surprise, au matin, de la retrouver dans sa cage ! En nous voyant, elle se mit à faire sa danse du ventre habituelle, pour bien montrer à quel point elle était contente de nous revoir. Puis elle poussa les petits cris aigus qui nous signalaient qu'elle avait faim. Elle se conduisait exactement comme si elle était encore en captivité ! Ce manège dura une semaine entière.

Et puis, un jour que j'étais entrée dans la réserve chercher de la viande pour l'émouchet, je ne la vis plus. Dans l'espoir qu'elle s'était endormie à l'intérieur de sa boîte, j'y mis le doigt : la boîte était vide. Dame Belette était partie !

Elle avait beau n'être restée avec nous qu'une dizaine de jours, j'étais toute triste. Je m'étais en effet beaucoup attachée à ce drôle de petit animal intelligent, rapide, curieux de tout. Mais, bien sûr, c'était une bête sauvage, et il était bien normal qu'un jour ou l'autre elle nous quittât...

J'étais en train de préparer la pâtée de l'émouchet quand quelque chose me fit sursauter. Je faillis en tomber à la renverse. Quelque chose de marron, de pointu, était soudain sorti du sac de graines, puis, pffft ! avait disparu ! J'étais à peine remise de ma surprise que le même petit museau surgissait de derrière un panier, à l'autre bout de la table. Dame Belette était allée faire un petit tour, mais elle était revenue. Elle préférait habiter chez nous !

On aurait dit cependant que la prudence lui était venue. A partir de ce jour-là, elle ne sortit que rarement de ses cachettes. Nous ne savions plus jamais où elle était. Maman eut la surprise de la trouver un jour au beau milieu d'un sac de blé destiné aux pigeons. Une autre fois qu'elle était au jardin, une jolie bête à la fourrure sombre bondit du panier qu'elle avait au bras et détala, devant elle, dans l'allée. Cette fois-ci, c'était fini, pensa maman. Dame Belette allait forcément s'égarer, elle ne retrouverait jamais le chemin de la réserve. Elle nous appela à l'aide. Saint-John et moi nous cherchâmes partout. En vain. Il fallait se rendre à l'évidence. Plus jamais nous ne la reverrions. Et puis, le soir même, en allant ranger le panier dans la réserve, j'aperçus, le temps d'un éclair, une ombre brune entre deux sacs. Cette belette était plus maligne que nous. Elle avait très bien su rentrer toute seule. Dire que mon frère et moi, nous avions gâché tout notre après-midi !

Au début, quand nous posions sa soucoupe remplie sur la table, elle attendait

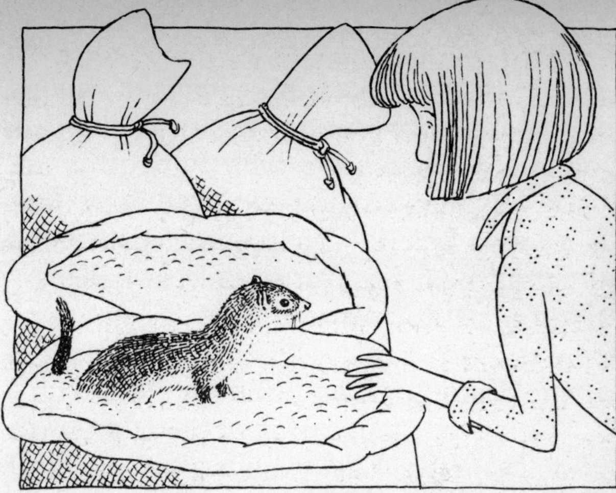

toujours que nous soyons partis pour venir manger. Plus tard, elle osa s'asseoir et attaquer son repas alors que nous étions encore là. Plus tard encore, elle devint quasiment effrontée. A peine l'un de nous avait-il un couteau à la main qu'elle exigeait bruyamment sa nourriture. Elle mangeait toujours avec beaucoup de délicatesse, ce qui nous étonnait, car, en liberté, cet animal est un tueur sans pitié.

Un jour, je me promenais avec mes parents en pleine campagne, quand je vis cinq belettes encercler un énorme rat, apparemment fasciné par leur curieuse danse du ventre. Soudain, l'une des belettes a bondi.

Se jetant sur le dos du rat, elle l'a mordu au cou. A cinq, elles ont traîné leur victime sous un buisson, loin des regards indiscrets. Une seule avait réussi à tuer cet énorme rat, quatre fois plus gros qu'elle. Une autre fois, j'ai vu une belette s'en prendre à un lapin qui faisait bien cinq ou six fois sa taille.

Notre petite pensionnaire à nous ne paraissait pas avoir une once de méchanceté. Je découvris bientôt que je n'avais qu'à l'appeler avec douceur pour la faire sortir de sa cachette. Elle venait alors s'asseoir près de moi, et me regardait droit dans les yeux, comme si elle comprenait ce que je lui disais. Après qu'elle eut trouvé le trou dans la porte, nous la rencontrâmes plusieurs fois dans une allée du jardin, ce qui avait pour effet immédiat de la faire rentrer à toute allure dans la réserve. Dehors, nous lui faisions visiblement une peur affreuse, je crois qu'elle ne nous reconnaissait pas.

Un jour, maman s'étonna de la voir assise sur l'une des étagères de la réserve où nous rangeons toutes sortes de choses. Comme cela paraissait beaucoup amuser Dame Belette, Saint-John lui avait fabriqué des échelles avec son Meccano pour qu'elle puisse passer de l'une à l'autre. Mais c'était bien la première fois qu'elle s'installait là-haut. Voyant maman, elle s'était mise à pousser des petits cris aigus. Maman pensa d'abord qu'elle avait faim, mais elle refusa toute nourriture. Croyant la petite bête malade, maman m'appela. Je compris tout de suite que Dame Belette voulait nous dire quelque chose. Mais quoi ? Comme je remarquais qu'une boîte était tombée par terre, je la ramassai. Dès qu'elle fut remise en place, sur l'étagère, Dame Belette se tut, sauta d'un bond sur la boîte, puis redescendit à vive allure. Si un animal a jamais essayé de parler, c'est bien Dame Belette ce jour-là !

Nous n'aperçûmes pas une seule souris dans la réserve l'année où la belette y habita. Celle-ci ne perdait jamais l'habitude de surgir à l'improviste des endroits les plus inattendus et d'apparaître lorsqu'elle entendait notre voix. Le plus surprenant, c'est qu'elle n'essayait jamais de nous suivre quand nous ressortions. Une fois seulement, elle entra dans la cuisine. Par erreur, je crois. A la vue du chat, du chien, du perroquet, elle fit si brusquement demi-tour qu'elle dérapa et s'étala de tout son long sur le linoléum. A peine remise sur pattes, elle disparut. Tout cela s'était passé si vite qu'aucune des autres bêtes ne s'était rendu compte de sa présence !

Et puis, le printemps venu, Dame Belette nous quitta. Nous ne sûmes jamais ni pourquoi ni comment. La veille encore, elle était là, dans la réserve, assise sur la table, réclamant à cor et à cri son déjeuner, et puis, au matin, elle avait disparu. Nous espérons qu'elle a su trouver le chemin de la campagne, et qu'il ne lui est pas arrivé malheur. Nous pensons souvent à elle. Après tout, elle a partagé notre vie pendant près d'un an !

La semaine dernière, quand je suis entrée dans la réserve, j'ai vu une petite tête brune surgir de derrière un carton, et puis, pffft ! disparaître. Nous voilà avec une autre belette en pension, mais celle-ci est méfiante et ne mange que si nous restons immobiles. Ce n'est sûrement pas Dame Belette mais peut-être une de ses amies ?

4

L'émouchet

Dans notre famille, il est bien difficile de faire des projets. Quand on en fait, il arrive fréquemment quelque chose qui nous empêche de les réaliser. Et ce quelque chose a le plus souvent à voir avec l'un ou l'autre de nos pensionnaires. Bien sûr, ce n'est pas drôle, mais d'un autre côté la vie n'est jamais monotone chez nous ! On peut s'attendre à tout !

L'imprévu, ce jour-là, ce fut l'apparition de nos effraies. Nous étions si bien habitués à les voir trottiner partout dans la maison que nous ne les remarquions plus guère. Elles ne s'aventuraient jamais dehors. Chouchou courait parfois jusqu'à la porte d'entrée, quand elle était ouverte, juste pour voir, cela lui suffisait. Le monde extérieur ne le tentait pas, il préférait de beaucoup son radiateur favori. Parfois, nos deux oiseaux s'installaient sur le rebord d'une fenêtre. Assis, on aurait dit des serre-livres ! Mais, je le répète, pas plus l'un que l'autre ne s'aventurait dehors, ne serait-ce qu'au jardin.

Ce matin-là, on sonna à la porte d'entrée à sept heures. Comme personne ne se dérangeait, j'enfilai ma robe de chambre et j'allai ouvrir. C'était le gendarme du village. Il avait une effraie sur la tête, une autre sur l'épaule droite.

« Elles sont bien à vous ? me demanda-t-il.

— Chouchou, oh ! Chouchou ! » m'exclamai-je.

A ces mots l'effraie perchée sur la tête du gendarme sauta à terre, et, moitié voletant, moitié trottinant, s'engouffra dans la maison, avec une dignité de notaire. Sa compagne la suivit.

« Elles ont passé la nuit à ululer chez la vieille Mme Parker. La pauvre a eu si peur qu'elle n'a pas osé descendre de son lit. Elle croyait que c'était l'esprit de sa vieille mère qui était revenu ! Elle n'a osé nous appeler qu'au matin. Elle avait enfin pu voir qui, en réalité, s'était installé dans son âtre ! »

Dans la cuisine, les deux effraies de retour chez elles réclamaient bruyamment leur petit déjeuner. Heureusement, maman est arrivée ! Je ne savais que dire. Elle a offert une tasse de thé au gendarme et lui a promis d'aller s'excuser auprès de Mme Parker. Et puis elle a tendu un poussin à chacune des deux effrontées qui se sont vite sauvées avec leur repas dans leur salle à manger.

Un peu plus tard, le téléphone sonna. C'est moi qui répondis. On voulait savoir si nous pouvions nous rendre au monastère. Un oiseau s'était enfermé dans la clôture.

Maman trouva le message curieux :

« Comment, dis-moi, un oiseau peut-il s'enfermer dans une clôture ?

— Je ne sais pas, moi, maman. C'est ce qu'on m'a dit.

— Eh bien, allons donc voir. On a le temps de faire l'aller et retour avant de partir chercher ton frère à la piscine. »

Maman connaissait déjà le monastère parce que certains des moines s'intéressaient beaucoup à notre refuge. Moi, je n'y étais jamais entrée. J'étais curieuse de voir ce qu'il y avait derrière ces hauts murs. Ce monastère était, en fait, devenu une maison de retraite pour anciens marins. Profitant de notre voiture quand nous nous rendions en ville, ils nous parlaient toujours avec affection de leur maison si confortable, disaient-ils. Ce dont ils étaient le plus fiers, c'était d'avoir un cimetière pour eux tout seuls. C'est drôle d'être content d'une chose pareille !

A peine arrivée, je me précipitai pour tirer le cordon de la sonnette, mais je regrettai très vite mon geste. En fait de sonnette, ce cordon actionnait une énorme cloche en cuivre, et le tintamarre que fit celle-ci se propagea dans toute la campagne environnante, déchirant le calme et l'atmosphère qui régnaient ici. Je ne m'attendais pas au grondement qui suivit. On aurait dit un volcan en éruption. Qu'est-ce qui allait donc arriver ?

Un lourd portail en bois occupait l'arche de pierre devant laquelle nous attendions. Une petite porte s'y découpait. Elle s'entrouvrit. Un visage tout ridé nous regarda avec méfiance.

« Ouais ? demanda-t-on dans l'entrebâillement.

— Nous venons chercher un oiseau, dit maman.

— Ouais ? » répéta-t-on sans changer d'expression.

Maman respira profondément, puis expliqua avec patience qu'un oiseau s'était enfermé dans une clôture et qu'on nous avait téléphoné de venir le prendre.

« Es-tu sûre que c'est ici qu'il fallait venir ? me glissa-t-elle à mi-voix.

— Ouais ? dit encore l'homme en guise de réponse.

— Crois-tu que c'est tout ce qu'il sait dire ? » me demanda-t-elle tout bas.

Sur ces entrefaites, heureusement, un moine arriva. Il demanda ce qui se passait. Avec un fort accent irlandais, le vieux marin lui expliqua que ces deux petites dames cherchaient un oiseau qui était dans la clôture, et qu'au téléphone...

Par chance, le moine était au courant. Il nous laissa entrer, nous conduisit dans un petit bureau tout proche, où il nous invita à nous asseoir. Il fit de même. Il se mit alors à parler de la pluie et du beau temps, sans dire mot de l'oiseau qui était la raison de notre présence. Maman s'enhardit à demander si nous pouvions aller le chercher. Le moine répondit doucement que non, qu'il regrettait, mais que ce n'était pas possible. Je pensai qu'il essayait de nous faire comprendre que l'oiseau était mort, et maman eut, je crois, la même idée que moi. Il nous fallut un certain temps pour réaliser que l'oiseau n'était pas dehors, dans une clôture, mais dans la cellule d'un des moines, et qu'on ne pouvait s'y rendre pour le moment.

Nous bavardâmes une bonne demi-heure, et puis, quelque part, une cloche sonna. Le moine s'excusa et disparut. Quelques minutes plus tard il revenait avec un jeune novice que nous connaissions déjà. Je ne crois pas qu'il ait jamais existé d'homme moins fait pour la vie contemplative que ce Thomas, qui n'hésitait jamais à relever bien haut son habit de bure quand les garçons du village jouaient au football. Un grand morceau de sa robe est encore aujourd'hui accroché à un chêne que je pourrais vous montrer, souvenir d'un jour où Thomas a sauté de l'arbre, lui abandonnant la moitié de son vêtement. Ce Thomas avait pour compagnon un jeune beagle qui le suivait partout. Ce qui n'est qu'une façon de parler, car ce chien-là ne restait jamais derrière son maître, préférant de beaucoup aller à la chasse aux rats, ou aux chats.

Thomas s'assit en face de nous, à côté du vieux moine. Lui aussi se mit à parler de tout et de rien, sauf de l'oiseau pour lequel nous avions fait, maman et moi, plusieurs kilomètres. Quand maman aborda enfin le sujet, il voulut d'abord faire dévier la conversation.

« De quelle espèce d'oiseau s'agit-il ? insista maman.

— Oh ! il est comme ça », répondit Thomas, se servant de ses mains pour faire une sorte de bec crochu.

Étendant ensuite ses bras habillés de bure, il se mit à les bouger de haut en bas, de bas en haut. Il avait tout d'un gigantesque rapace, d'autant plus qu'il arrivait parfaitement en bougeant les doigts à donner l'impression d'un oiseau qui plane.

« C'est un émouchet[1], dis-je.

— C'est ça, c'est un émouchet, acquiesça Thomas, tout fier.

— Qu'est-ce qu'il a, cet émouchet ? interrogea maman.

— Rien, autant que nous pouvons en juger. Pendant deux jours il est resté perché sur le toit, mais ce matin le frère Edmond l'a trouvé dans sa cellule. Il a dû entrer par la fenêtre, mais impossible de le faire sortir.

— Puis-je aller le voir ? demanda maman.

— Non, dirent ensemble les deux moines.

— Je regrette, mais cette partie du

1. Émouchet ou crécerelle (le nom varie selon les régions).

monastère est interdite aux femmes, ajouta le vieux moine avec douceur.

— Eh bien, tant pis, dit maman. L'un de vous n'aura qu'à l'attraper, et le mettre dans ce carton que j'ai apporté dans cette intention.

— Non, dirent les moines, d'une seule voix.

— C'est que nous avons déjà essayé ! s'exclama Thomas. Impossible de s'en approcher, tant il a mauvais caractère. Regardez ce qu'il m'a fait, quand je me suis baissé pour le prendre ! »

En retroussant sa manche, il nous montra un avant-bras couvert de profondes égratignures.

« Il suffit de lui jeter quelque chose de léger sur la tête, dit maman, un chandail, par exemple, et de ramasser les deux ensemble. Il se prendra les pattes dans le vêtement, il ne pourra rien vous faire. »

Thomas regarda maman d'un air de doute. Puis il sortit de la pièce et revint quelques instants plus tard avec le carton vide, et une grande balafre au visage, du front au menton.

« Vous m'aviez bien assuré qu'il ne pourrait rien me faire ? Eh bien, c'est dans mes cheveux qu'il s'est pris les pattes. Quel mal j'ai eu à me décrocher ! Est-ce que votre mari ne pourrait pas venir à notre aide ? »

Papa aurait été la solution au problème, mais il doit souvent se déplacer pour ses affaires et, ce jour-là justement, il était en Écosse. L'heure approchait d'aller chercher Saint-John, il nous fallait quitter le monastère. L'idée d'abandonner un animal en difficulté nous peinait, maman et moi. Nous nous creusions la tête pour trouver un homme qui aurait pu venir aider. Les gens sont toujours prêts à vous offrir leur aide, mais le jour où vous avez vraiment besoin d'eux, il n'y a jamais personne. Maman proposa de traverser le monastère les yeux bandés. Cette suggestion fut reçue dans un silence glacial. Elle commençait à s'inquiéter pour mon frère. Il était plus que temps de partir. Je ne voyais toujours pas comment faire pour récupérer ce malheureux oiseau. Et pourtant, comment aurions-nous pu l'abandonner de gaieté de cœur ?

« Ne vous inquiétez pas, nous trouverons bien une solution », dit le vieux moine, et cet optimisme m'irrita quelque peu.

J'avais bien compris que sa clôture comptait plus pour lui que la vie d'une bête. Je parlai de mes craintes à maman dans la voiture.

« Je finirai bien par penser à quelqu'un », me dit-elle, mais je devinai à sa voix qu'elle se sentait aussi impuissante que moi.

Un peu plus tard, par une coïncidence incroyable, alors que nous étions en bas d'une côte, j'aperçus devant nous, sur la route, l'auto de papa. Je n'en crus pas mes yeux d'abord, mais c'était bien sa voiture, et c'était bien lui qui était au volant. Or, papa ne prend jamais cette route d'ordinaire, et il serait lui-même, aujourd'hui encore, incapable de vous dire pourquoi il se trouvait à cet endroit-là, cet après-midi-là ! Maman klaxonna comme une folle. Papa expliqua qu'on l'avait rappelé à l'usine, où il s'était passé quelque chose.

« Quelle chance, quelle chance ! Il y a un oiseau à aller prendre de toute urgence au monastère. Peux-tu vite y aller ? Nous, nous allons chercher Saint-John. »

Et sans laisser à papa le temps de répondre, elle lui tendit la boîte et redémarra.

Papa ne dut pas rencontrer les mêmes difficultés que nous, parce que, à notre retour, le carton bien fermé se trouvait sur la table de la cuisine. Dedans, il y avait un jeune émouchet mâle. Il était visiblement malade, car il avait le regard éteint, ses ailes pendaient, flasques, au lieu d'être croisées sur son dos, et les plumes, sur le haut de son crâne, étaient dressées, ce qui n'est pas normal. Maman, qui avait glissé une main dans le carton, pour se rendre compte de la grosseur de la bête, la ressortit vite. Cet émouchet-là n'était pas aussi affaibli que ça ! Il lui avait donné un bon coup de bec, et la paume de maman saignait.

C'est avec bien plus de douceur qu'elle introduisit l'autre main, un peu plus tard, à l'intérieur de la boîte. Mais c'est qu'on ne prenait pas cet oiseau-là par surprise ! Couché sur le dos, il surveillait maman, prêt à passer à l'attaque avec ses serres aiguisées. Ils s'observaient tous les deux, lui et maman, avec une égale méfiance. Pourtant, maman ne lui voulait aucun mal. Comment donc papa s'était-il débrouillé, là-bas, au monastère ? Impossible de le savoir, hélas ! il était déjà reparti au bureau.

Maman me demanda d'aller chercher un mouchoir dans son armoire. Elle le jeta d'un geste rapide sur la tête de l'émouchet, de façon à l'empêcher de voir. Quand l'animal enfin se libéra, il était trop tard, maman le tenait ferme. Ah ! quels cris de fureur il poussa ! Il eut beau essayer de la mordre avec son bec crochu, il ne put rien faire.

A première vue, cet émouchet n'avait

rien de cassé, rien de difforme et aucune plume ne lui manquait. Il n'avait pourtant pas l'air en bon état, et, de plus, il sentait mauvais, ce qui est souvent le cas quand un oiseau n'a pas mangé depuis plusieurs jours. Or, d'après les moines, il était resté trois journées entières sans quitter les abords du couvent. Maman voulut vérifier l'état de sa vue. Elle m'envoya chercher une torche qu'elle me pria de diriger dans les yeux de l'oiseau. Nombreux sont les animaux qui ont mauvaise vue, or il est essentiel qu'un rapace ait un bon champ de vision.

« Cet émouchet-là, me dit-elle, jouit d'une vue parfaite. »

Moi, je n'en avais jamais douté, étant donné la rapidité et la précision avec lesquelles il avait attaqué maman !

Il était, en revanche, extrêmement maigre. Quand un oiseau est par trop fluet, la guérison devient souvent impossible. Il y a des exceptions, bien sûr : les mouettes sont toujours très maigres ; mais c'est leur nature qui veut ça. Cet émouchet n'avait, hélas ! que la peau sur les os. Son bréchet, sous mon doigt, me parut aiguisé comme une lame. Je me demandais où il avait trouvé la force d'attaquer maman.

Le plus urgent était de l'alimenter. J'allai

chercher un morceau de poulet dans la réserve. A peine le lui présentai-je qu'il se jeta voracement dessus. Il devait mourir de faim ! Nos bêtes sauvages mettent en général un certain temps avant de comprendre que la viande que nous leur offrons est un aliment. En effet, elle ne ressemble pas aux souris ou aux insectes qui ont formé jusqu'alors leur nourriture. Mais cet émouchet-là happa mon blanc de poulet et n'en fit qu'une bouchée. Saint-John prétendit qu'il ne s'était même pas rendu compte qu'on le nourrissait et qu'il s'était jeté sur ce morceau de viande comme il se serait jeté sur n'importe quoi, sur n'importe qui... Il aurait bien voulu manger davantage, mais maman avait peur de le suralimenter. Lorsqu'un animal est à jeun depuis un certain temps, il vaut mieux le nourrir peu à la fois, mais souvent.

Après lui avoir massé le jabot avec douceur pour lui faciliter la digestion, elle le remit dans la boîte, qu'elle alla poser dans sa chambre. On ne savait pas ce qui le rendait malade, il valait donc mieux isoler ce nouvel arrivant. La chambre de mes parents était la seule pièce de la maison à ne pas être occupée, ce jour-là, par un ou plusieurs de nos pensionnaires.

Papa rentra vers sept heures. Comme d'habitude, il monta se changer. Quand il nous rejoignit dans la cuisine, il demanda :

« Qu'est-ce qui sent si mauvais dans notre chambre ?

— Je n'ai rien senti tout à l'heure, répliqua maman.

— Va donc simplement renifler dans l'entrée, tu m'en reparleras », dit papa.

Il y avait en effet une drôle d'odeur dans l'entrée.

« Ce doit être les égouts, déclara maman.

— Les égouts ne passent pas par notre chambre, que je sache », rétorqua papa.

Saint-John et moi, nous étions déjà dans l'escalier. A peine avions-nous ouvert la porte de la chambre de nos parents que l'odeur se fit plus forte, insupportable. Nous arrivâmes tout juste à traverser la pièce pour ouvrir les fenêtres. C'est du carton que venait cette odeur infâme. Saint-John souleva le couvercle. La tête penchée, les yeux à demi fermés, l'émouchet n'avait plus l'air d'être en vie. Il avait régurgité son repas, et ce vomi infect était la raison de cette épouvantable odeur.

Du palier, Saint-John cria à papa de monter.

« Est-ce dû à quelque chose qu'il a mangé ? demandai-je à papa.

— Il est possible qu'il se soit empoisonné, me répondit celui-ci. Puisque je dois aller chercher le héron chez le vétérinaire, je vais lui porter cet émouchet-là. »

Et papa de remettre ses vêtements de ville !

C'est que, voyez-vous, nos bêtes ne s'habituent pas seulement à nous, elles s'habituent aussi à nos vêtements. Et elles détestent que nous en changions. Nous mettons donc toujours la même tenue usagée quand nous nous occupons d'elles. Nous en avons plutôt honte, et cela gêne probablement certains de nos visiteurs, car il leur arrive de nous apporter des habits dont ils ne veulent plus, en nous demandant de ne pas nous vexer...

Le vétérinaire fut du même avis que moi : l'émouchet s'était empoisonné. Il lui incisa le jabot, le nettoya, fit un lavage d'estomac à la pauvre bête, puis la recousit. Papa, comme moi, pensait qu'il n'y survivrait pas, mais le soir, il respirait encore. Quand nous allâmes le revoir, avant de nous coucher, il était étendu de tout son long dans la boîte. Pauvre émouchet, il allait sûrement mourir pendant la nuit !

Je fus réveillée le lendemain matin par papa qui criait :

« Il n'est pas mort, il n'est pas mort ! »

Cela me parut si incroyable que je sautai du lit. L'émouchet était toujours étendu de tout son long au fond du carton, il avait toujours l'air très malade, mais, c'est vrai, il respirait encore. Maman lui donna la becquée : un peu de poulet émincé dans de la bouillie. Elle fit de même trois jours durant, toutes les trois heures. Le troisième jour, le petit malade avait repris assez de forces pour se tenir debout. A la fin de la semaine, il se nourrissait tout seul. Nous posions seulement sa pâtée au fond du carton. Le dixième jour, il nous décortiquait un poussin nouveau-né, puis régurgitait une petite boulette, chose normale pour un émouchet, qui recrache ainsi tout ce qui, dans sa proie, n'est pas comestible. Cela nous prouva qu'il allait beaucoup mieux.

Il décida lui-même de nous montrer qu'il était guéri : un matin il n'était plus dans sa boîte ! Nous le retrouvâmes au rez-de-chaussée, perché sur la pomme de la balustrade de l'escalier.

Nous voyant, il poussa un cri perçant, qui eut pour effet immédiat de réveiller le reste de la maisonnée. Nous dûmes nous y

mettre à quatre pour le rattraper. Ses ailes étaient maintenant en parfait état, et ne demandaient visiblement qu'à servir. Quand l'un de nous croyait le saisir, il changeait vite de perchoir, cassant tout sur son passage. Il n'y avait qu'une chose à faire, dit papa : tirer les rideaux, éteindre les lumières, et lui diriger une torche allumée en plein dans les yeux. Ébloui, l'émouchet se laissa prendre. Inutile de vous dire qu'il n'était pas content !

Il ne pouvait être question de le remettre dans son carton. Il fallait songer à lui rendre sa liberté. C'était à présent un joli oiseau. S'il avait la tête gris ardoise et le bout de la queue gris, ailleurs son plumage était de couleur châtaigne, tacheté de noir à la gorge. Il se tenait maintenant droit comme un if et avait l'œil à tout, le petit coquin !

Nous avions pensé le relâcher aux abords du monastère, mais, quand on nous signala que deux émouchets logeaient déjà dans le toit de la chapelle, nous changeâmes d'avis. Ces deux-là n'auraient pas manqué d'attaquer l'intrus assez audacieux pour voler sur leur territoire. Or, notre protégé, s'il était assez fort pour voler, l'était-il assez pour se défendre ?

Nous décidâmes de l'emmener plus loin,

dans le comté de Northampton, où nous avons des amis qui ont une grange. Cette grange allait lui permettre de se réhabituer peu à peu à voler. On ne peut, voyez-vous, garder un rapace comme l'émouchet dans une volière ordinaire. Celui-ci, en se jetant contre le grillage pour essayer de s'échapper, risquerait de se blesser.

Nos amis suivirent nos conseils. Tous les soirs, ils placèrent dans leur grange, sur un perchoir, de quoi nourrir leur invité. Le troisième jour seulement, ils laissèrent la porte ouverte. Ce n'est pourtant qu'une semaine plus tard que l'émouchet s'aventura dehors. Tous les matins, il s'envolait dans la campagne, tous les soirs il revenait sur le perchoir où l'attendait son repas. Au printemps, pourtant, il disparut. Il avait enfin repris sa liberté. Ah ! nous aurions bien voulu savoir ce qui lui était arrivé ! Il dut sûrement deviner notre inquiétude, car il nous rassura lui-même : au mois de septembre, nos amis nous annoncèrent qu'un émouchet mâle était revenu dans leur grange et s'était installé sur le même perchoir. Ce ne pouvait être que notre ami !

5

Chouchou coincé ou une histoire à donner le vertige !

Un beau soir, impossible de trouver les effraies ! Maman était sûre qu'elles étaient quelque part dans la maison. Depuis qu'elles avaient presque fait mourir de peur la vieille Mme Parker, nous prenions toutes les précautions possibles et imaginables pour qu'elles ne puissent même pas se sauver au jardin. Se sachant surveillées, elles se cachaient, bien sûr. Pour ces deux-là, la vie était une interminable partie de cache-cache.

Nous étions en train de mettre toute la maison sens dessus dessous, quand Saint-John s'écria :

« D'où sort cette suie ?

— C'est là qu'elles se sont fourrées, ces coquines », dit maman qui s'était mise à quatre pattes pour regarder dans le trou de la cheminée.

Est-ce parce qu'elle avait vu maman ? Ou parce qu'elle en avait assez d'être tout là-haut ? En tout cas, c'est le moment précis que choisit l'effraie femelle pour dégringoler. Un épais nuage noir s'étala sur le visage de maman.

« Regardez-moi cet animal ! s'exclama celle-ci. Mais regardez-le ! Dire qu'il était si joli quand il était blanc et propre ! »

Eh bien, cet animal, il n'avait plus rien de propre, ni de blanc ni de joli. Il était tout gris, d'un gris très, très sale.

« Mais où est donc l'autre ? demanda maman en se baissant à nouveau. Ah ! j'aperçois un bout de queue... Chouchou se sera coincé là-haut ! Mon Dieu, comment faire pour le rattraper ? »

Une fois de plus, nous décidâmes d'attendre papa. Il était à peine rentré que je l'entraînai dans la salle à manger, pour qu'il juge lui-même de la situation.

« Il n'y a qu'une solution, dit papa. Il est coincé trop haut, nous n'arriverons jamais à l'attraper par en bas. Il va falloir que l'un de nous monte sur le toit, et le pousse précautionneusement à l'aide d'un poids quelconque attaché à une grosse ficelle. Cela le forcera à redescendre.

— Qui va monter sur le toit ? » interrogea maman.

Cette question resta sans réponse. Nous regardions tous papa.

« Ce qu'il faut que je fasse pour tes satanés animaux ! » soupira papa.

C'est drôle, quand tout va bien, ces petits pensionnaires sont à nous tous. Mais quand quelque chose va mal, ils ne sont plus qu'à maman. Quelle importance, après tout ? Ce qui importait d'ailleurs ce jour-là c'était que Chouchou était coincé dans la cheminée. Si nous ne nous dépêchions pas, il y serait encore à la tombée de la nuit.

Papa et Saint-John allèrent ensemble chercher une échelle qu'ils posèrent contre le toit. Pendant ce temps-là, maman fouillait dans tous les tiroirs. Elle était à la recherche d'une corde assez solide pour supporter un certain poids. Moi, je restai près du pauvre Chouchou. Je pensais qu'il valait mieux lui expliquer ce qui allait lui arriver. Tout ce bruit ne manquerait pas de lui faire une peur affreuse.

Maman finit par trouver ce qu'elle cherchait. Il fallait maintenant y attacher un objet plutôt étroit, sinon il ne passerait pas par la cheminée. D'en bas, nous essayâmes diverses choses : un moule à cake, un rouleau à pâtisserie, un gros bâton... Rien de tout cela n'allait. A la fin, papa eut une idée. Il prit quelque chose dans sa chambre, mais ne voulut pas nous dire quoi.

Maman tint l'échelle, et papa monta sur le toit. Pauvre papa, il avait l'air bien malheureux ! Il s'agrippait à l'antenne de télévision comme si c'était pour lui une question de vie ou de mort. C'est que, voyez-vous, il souffre de vertige. A un mètre cinquante du sol, la tête lui tourne déjà. Maman dut ensuite légèrement déplacer l'échelle, qui était trop au milieu du chemin.

« Vois-tu Chouchou ? cria-t-elle.

— Je ne vois rien du tout », gémit papa.

Je le regardai d'en bas. Il avait les yeux fermés ! Mais il faisait tomber la corde, petit à petit, dans la cheminée. Cela nous décida à rentrer dans la salle à manger d'où nous pourrions mieux le diriger.

De là, la voix de papa n'était plus la même. L'objet qu'il poussait ne passait qu'avec difficulté. Il s'accrochait de temps à autre, et papa nous cria que, par moments, il lui fallait tirer fort pour le décrocher. Des

nuages de suie tombaient sur nos visages. Nous ne nous en préoccupions guère. N'était-il pas bien plus important de guider papa ? La queue de Chouchou, là-haut, n'avait pas bougé. Tout ce tintamarre, toute cette activité fébrile ne semblaient pas avoir sur lui le moindre effet. C'était à croire que, plus nous faisions d'efforts, et moins il voulait redescendre !

Nous finissions par penser qu'il passerait la nuit là-haut ! Dehors, il faisait de plus en plus sombre. Il s'était mis à pleuvoir. Saint-John monta faire ses devoirs. Papa se plaignit d'avoir faim. C'est alors que Chouchou eut envie de changer de décor : il tomba subitement à nos pieds, dans un épais nuage de poussière. Lorsqu'il atterrit dans l'âtre, il était noir comme du charbon, noir du bec aux griffes, à part les yeux, toujours brillants et marron. Quelle importance ! Nous étions si heureux de le revoir !

« Il est là, il est là ! » hurla maman par le trou de la cheminée.

Je ne me souviens pas si papa a répondu ou non. Ce que je sais, c'est qu'il a laissé tomber la corde, et le mystérieux poids avec.

« Mes belles chaussures ! gémit maman.

Ah ! mes enfants, attendez un peu que je mette la main sur votre père ! »

Ce qu'elle ne fit pas avant un certain temps, comme vous allez voir !

D'abord, Chouchou, décidant qu'il en avait assez de la cheminée, voulut regagner son cher radiateur. Il sautilla de chaise en chaise et traversa la table, laissant partout de curieuses marques noires.

« Arrêtez-le, cria maman, en se jetant sur le scélérat. Regardez-moi ça, continua-t-elle, avez-vous jamais vu quelque chose de plus sale ? Allons vite le laver ! »

A la cuisine, elle me fit remplir l'évier d'eau tiède et se mit à baigner l'effraie. Hélas ! l'idée de le brosser d'abord pour enlever le plus gros de la suie ne nous effleura ni l'une ni l'autre.

Quand maman s'arrêta, tout était noir autour d'elle. Et Chouchou n'était pas plus propre. Maman, en revanche, avait changé. Elle était maintenant aussi noire que lui. Par ailleurs, il y avait de la suie dans toute la maison, jusque sur le bout du nez de Saint-John, qui était redescendu.

Nous étions en train d'essayer de nettoyer la salle à manger, quand on sonna. Quelqu'un nous apportait un pigeon dont une aile était cassée. Maman remarqua que le visiteur inattendu l'avait regardée d'un air étrange. Ce n'est que quand elle passa devant la glace de l'entrée qu'elle vit à quel point elle était méconnaissable.

« Pourquoi ne m'as-tu pas prévenue ? me reprocha-t-elle, comme si c'était ma faute. Que veux-tu que ce monsieur ait pensé ? »

A ce moment précis, le téléphone sonna. On demandait papa. Ce fut en vain que maman l'appela par la porte-fenêtre.

« Mais où est donc votre père ? Ah ! mon Dieu ! » s'exclama-t-elle en se rappelant brusquement où elle l'avait vu pour la dernière fois.

Papa s'agrippait toujours désespérément à l'antenne de télévision. La pluie n'avait arrangé ni son costume ni sa coiffure. Il était visiblement trempé jusqu'aux os. La joie de retrouver Chouchou nous avait fait oublier papa ! Voilà plus de deux heures qu'il était sur le toit ! Il en était tout engourdi de froid, et Saint-John dut courir chez nos voisins pour leur demander de nous aider à le faire redescendre.

Quand il se retrouva dans la cuisine, son humeur ne s'améliora pas lorsqu'une effraie couleur de charbon vint se percher près de lui pour lui chuinter au creux de l'oreille qu'elle avait une faim de loup ! Ah oui ! on

ne savait jamais à quoi s'attendre avec ces oiseaux-là ! Ils avaient de drôles de façons de se conduire, et ce n'étaient pas les seuls à faire ça : je pense, en particulier, au renard d'Overseale.

6

Le renard

Il arrive souvent que l'on nous consulte au sujet d'un animal que nous n'aurons jamais l'occasion de connaître. Beaucoup de gens n'ont besoin que d'être rassurés. A certains, pourtant, nous suggérons d'appeler un vétérinaire, à d'autres, nous donnons simplement des conseils. Parfois même nous leur proposons de se mettre en rapport avec des amis à nous, qui possèdent en pleine campagne un grand enclos grillagé permettant de réhabituer peu à peu une bête sauvage à la liberté. C'est ce que nous avons fait pour le renard d'Overseale. Un jour que mes parents étaient tous deux absents, une dame téléphona. Elle voulait savoir si nous accepterions de l'aider. Il s'agissait de prendre un renard qu'elle avait élevé elle-même.

« Nous ne savons plus qu'en faire, m'expliqua-t-elle. Nous pensions que ce serait agréable pour nos enfants de l'avoir, mais, maintenant qu'il est grand, il ne veut plus qu'on l'approche. Il a renversé mon bébé et égratigné ma fille aînée. Nous n'osons même plus le lâcher dehors, de peur qu'il ne s'introduise dans le poulailler des voisins. La dernière fois qu'il s'est échappé, il a failli provoquer un accident de la circulation en traversant la route. Je ne sais plus à quel saint me vouer, tant tout cela me tourmente ! »

C'est vrai que cette dame avait l'air inquiète, j'en étais désolée pour elle. Mais tant de gens adoptent un petit animal qu'ils trouvent joli sans penser qu'un jour ils se retrouveront devant une bête sauvage. Je dis à la dame que je mettrais mes parents au courant, et que l'un ou l'autre l'appellerait dès que possible.

Quand maman revint, ce qui parut surtout l'intéresser, ce fut l'adresse qu'avait donnée cette personne.

« Overseale ! En voilà une coïncidence ! J'ai passé toute la guerre à Netherseale, et ces deux villages se touchent presque. Pense que notre médecin avait son cabinet à Overseale ! Et moi, j'y avais bien des petites amies. Je me demande si cette dame en connaît quelques-unes... »

Il s'avéra que non seulement la dame en question connaissait presque toutes les copines de maman, mais encore qu'elle en était une. Elles avaient été à l'école ensemble ! Les voilà qui se mirent à parler de ce temps-là. Je m'ennuyais ferme. J'essayai plusieurs fois d'interrompre maman :

« Et le renard, n'oublie pas le renard ! »

Mais c'était à croire qu'elle ne m'entendait pas. Elle racontait l'histoire d'une institutrice qui s'était étalée devant ses élèves, en plein milieu de la cour de récréation, parce qu'un garçon avait desserré les écrous des roues de sa bicyclette.

Je préférai m'en aller regarder la télévision.

Maman resta une bonne heure au bout du fil. Quand enfin elle nous rejoignit au salon, elle se mit à parler de cette dame.

« Et son renard, maman, et son renard ?

— Elle voudrait que nous lui rendions la liberté. Il y a quinze jours encore, paraît-il, il était doux comme un agneau. Mais un matin il a attaqué sa petite fille ! Depuis, impossible de le toucher. C'est comme s'il n'avait jamais été apprivoisé. Elle ne comprend pas cette transformation subite, mais c'est toujours comme ça, n'est-ce pas ? Il suffit de peu de chose pour qu'un renard apprivoisé redevienne la bête sauvage qu'il est en réalité.

— Est-ce qu'elle va nous l'amener ? demandai-je.

— Non, ce n'est pas nécessaire. S'il est aussi sauvage qu'elle dit, mieux vaut le relâcher tout de suite dans l'enclos de nos amis. D'ailleurs, je ne tiens pas à avoir un pensionnaire de plus en ce moment. Sinon, comment arriverons-nous à partir en vacances ? »

Remettre un renard en liberté est à la fois facile et difficile. Facile, parce que, en général, les renards retrouvent rapidement leur véritable nature. Ce n'est jamais chez eux un processus graduel. Il suffit que quelque chose réveille son instinct, et voilà le renard apprivoisé redevenu sauvage. Il saura instinctivement chasser, tuer, se trouver un territoire, accepter la présence de ceux de sa race, se faire reconnaître, éviter tout danger. Je ne connais pas un autre animal capable de passer aussi facilement de l'état de captif à l'état libre. Il est rare qu'un renard mette plus de deux ou trois semaines à s'adapter à une vie en pleine nature. En revanche, il est très difficile de trouver un endroit où le relâcher. Tout le monde sait ce qu'est la rage, et les gens qui habitent la campagne sont conscients que le renard, plus que toute autre bête, peut propager cette terrible maladie. Rares sont ceux qui lui font bon accueil — chasseurs à courre exceptés, bien sûr. Or, nous nous refusons à relâcher un de nos pensionnaires là où il court un grand danger. Un renard qui a connu la captivité a moins peur des chiens et des humains, si bien que, pour les chiens courants, il est une proie facile. Il nous arrive parfois cependant de le remettre en liberté sur une terre où passe la meute. C'est alors toujours à la requête du fermier, et nous prévenons immédiatement le maître d'équipage, qui fait en général passer la chasse plus loin. Certains fermiers nous demandent de relâcher un ou deux renards sur leur propriété, parce qu'il n'y a rien de mieux pour empêcher les petits nuisibles de se propager. Là où il y a des renards, il n'y a plus de rats — ni, hélas ! de poulets et de faisans... Il ne faut pas se laisser tromper par l'apparence du renard. Ce séduisant animal est un tueur. Au contraire du blaireau, qui ne tue que quand il a faim, le renard tue pour le plaisir de tuer. La façon dont il traque sa proie, la vitesse avec laquelle il l'attaque et l'achève révèlent toute la ruse dont il est capable. Voir un renard pourchasser un rat est l'un des spectacles les plus fascinants que nous offre la nature. C'est un combat à ruse et à méchanceté égales. Quand un propriétaire nous demande de relâcher un renard à un endroit précis, c'est que des rats, des souris, des lapins infestent sa terre. Comme une bête qui a été apprivoisée n'a pas l'habitude de courir la campagne, elle reste en général près de l'endroit où elle a été relâchée. Les fermiers, le plus souvent, n'acceptent que des mâles. Ils ne veulent pas échanger un problème contre un autre, et se retrouver avec toute une famille de renards sur leur propriété. De ce fait, une renarde nous cause beaucoup de difficultés.

Heureusement, le renard d'Overseale était un mâle. Cela simplifierait les choses. La dame était très pressée de s'en débarrasser. Elle avait dit à maman qu'elle le gardait attaché au bout d'une corde, dans un coin de son jardin, parce qu'elle n'aurait pas voulu le mettre dans une cage. L'idée qu'un animal reste attaché en permanence n'est pas pour nous plaire, vous le devinez. Il nous fallait vite trouver où le relâcher. Surtout que nous partions en vacances...

Quelle chance ! L'enclos dont je vous ai parlé était libre ! Nos amis étaient prêts à recueillir le renard. Ils proposaient même d'aller le chercher.

A notre retour de vacances, maman téléphona pour savoir si tout s'était bien passé. L'animal était, en effet, aussi sauvage qu'on nous l'avait dit. A peine nos amis avaient-ils laissé entrouverte la porte de l'enclos que le renard s'était sauvé ; on ne l'avait jamais revu. Cela ne nous étonna pas. Nous avons constaté que les renards s'enfuient dès qu'ils en ont l'occasion. La réaction de celui-ci n'avait donc rien d'exceptionnel.

Une quinzaine de jours plus tard, papa lut dans le journal qu'une jeune fille avait été brutalement attaquée. La gendarmerie faisait une enquête. Les jours suivants, plusieurs agressions similaires se produisirent. Les gendarmes étaient convaincus qu'un dangereux obsédé sexuel rôdait dans la région, et ils pensaient qu'il y avait un rapport entre ces attaques et le fait qu'on avait volé récemment, à plusieurs reprises, des dessous féminins sur un étendage.

Le nom du village où s'étaient produits ces incidents me rappelait quelque chose.

« N'est-ce pas l'endroit où habitent nos

amis, ceux qui avaient recueilli le renard d'Overseale ? demandai-je à maman.

— Oui, me répondit-elle. Leur propriété est tout à côté. »

Nous ne sûmes la suite de cette histoire que quelques semaines plus tard.

Les gendarmes étaient décidés à prendre sur le fait le voleur de lingerie. Ce qui les intriguait le plus, c'est que celui-ci choisissait les vêtements les plus longs. Ils se cachèrent un soir pour faire le guet près de l'étendage. Ils n'eurent pas longtemps à attendre ! A peine les lumières du village étaient-elles éteintes, qu'ils virent, trottinant vers l'étendage, un renard, un renard aux aguets, mais qui n'avait pas l'air pressé. Il était allé s'asseoir juste sous la lessive et, après s'être gratté l'oreille plusieurs fois, il avait jeté autour de lui un regard circulaire, puis il avait bondi sur le linge, avait pris entre ses dents une chemise de nuit, et il avait tiré si fort que les pinces à linge avaient cédé. Et puis, il s'en était allé, de la même démarche nonchalante, le vêtement sur l'épaule.

Les deux gendarmes n'en croyaient pas leurs yeux. Quelle ne fut pas leur stupéfaction de voir, quelques instants après, réap-

paraître l'animal. Cette fois-ci, c'est à un collant de nylon qu'il s'en prit !

« Ça, alors ! » s'exclama l'un des gendarmes.

L'entendant, le renard se figea sur place. Laissant là son butin, il se précipita sur les deux hommes, avec des petits cris de bienvenue. Arrivé devant eux, il s'assit sur ses pattes arrière, puis il se roula sur le dos, les quatre fers en l'air.

Au lieu d'un assassin en puissance, les gendarmes avaient découvert un renard, un renard ravi de faire leur connaissance, et qui ne voulait plus les quitter ! L'animal les suivit jusqu'à leur voiture, et, profitant de ce que la porte était ouverte, sauta dedans pour s'installer sur le siège avant, à côté du conducteur. Les gendarmes appelèrent alors leur chef sur leur walkie-talkie. Ils voulaient lui demander conseil. Naturellement, à la gendarmerie, personne ne les crut !

Ils décidèrent alors d'emmener le renard chez un vétérinaire. Ne sachant qu'en faire, celui-ci le mit dans un chenil temporairement vide.

L'animal n'en fit pas une histoire, au contraire ! On aurait dit qu'il se moquait bien d'être en captivité. Il bougeait toujours gaiement la queue et poussait les mêmes petits cris de bienvenue quand quelqu'un allait le voir. Mais le vétérinaire n'en voulait pas à demeure. Naturellement, si nous avions su de qui il s'agissait, nous aurions été le chercher bien vite. Mais nous pensions tous que le renard d'Overseale courait la campagne, heureux d'avoir recouvré la liberté.

Et puis un jour le téléphone sonna. C'est Saint-John qui alla répondre. Quand il revint au salon, il avait l'air bouleversé.

« Qui était-ce ? demanda maman.

— Une dame qui n'a fait que me dire que nous sommes cruels de relâcher des animaux qui ne veulent plus s'en aller.

— Oublie tout cela, dit maman. Il est facile de critiquer. Hier, j'ai rencontré un monsieur qui m'en a dit de toutes les couleurs parce qu'il avait entendu raconter que nous gardons une corneille en cage ! Il paraît qu'une corneille, ça doit vivre en liberté ! On ne peut faire plaisir à tout le monde, tu sais. »

Vous seriez étonnés si vous saviez les insultes que mes parents reçoivent à cause de leur refuge. Ils disent que ça leur est égal, mais c'est dur, parfois, je vous assure.

Le lendemain de ce jour-là, maman et moi, nous allâmes faire des courses à Grantham. Au marché, une dame nous interpella :

« Vous avez eu bien tort de vouloir forcer un renard apprivoisé à retrouver une liberté dont il ne voulait pas ! » cria-t-elle.

C'était la première fois que nous entendions mentionner un renard !

A peine rentrée, maman appela le vétérinaire, pour lui proposer de prendre son renard en pension, au cas où il n'en voudrait plus.

« Il n'en est pas question, répondit le vétérinaire. Ce renard, voyez-vous, m'a été d'un grand secours. Et moi, je lui ai trouvé un père adoptif ! Pour lui, c'est une bénédiction. Il ne pouvait pas tomber mieux. »

Quand nous sûmes la suite de l'histoire, nous dûmes avouer qu'il avait raison.

Un vieux monsieur, veuf depuis peu, avait amené son chien en consultation chez le vétérinaire. Celui-ci s'était vu obligé de lui dire qu'il ne pouvait plus rien pour la pauvre bête : mieux valait la piquer. Le vieux monsieur était désespéré. Le vétérinaire ne savait que faire pour le consoler. Tout d'un coup, il eut une idée. Il pensa au renard.

« Je me demande si vous accepteriez de m'aider ? avait-il dit au monsieur. Il s'agirait

de prendre chez vous pendant quelques jours, quelques jours seulement, un renard apprivoisé dont je ne sais que faire en ce moment... »

Le monsieur n'avait pas eu l'air enthousiasmé. Mais entre lui et le renard ce fut le coup de foudre ! Le renard, en le voyant, s'était, paraît-il, joliment étiré en poussant des petits cris attendrissants. Le vieux monsieur avait ouvert les bras. Le renard s'y était blotti, il lui avait léché le visage de sa langue rose. Depuis ce moment, ces deux-là ne se quittent plus. Chaque soir, ils regardent la télévision ensemble, le monsieur assis au fond d'un fauteuil, le renard couché dans l'autre. On m'a même dit que, parfois, le renard va au cinéma !

C'est un magnifique animal. Il n'a qu'un défaut : il continue à être fasciné par les étendages. Même son nouveau maître n'y peut rien. Quand on y réfléchit, tout cela est très normal. Les animaux sont comme les hommes : c'est pendant leur jeunesse qu'ils apprennent le plus facilement. Ses années de formation, ce renard les a passées en grande partie au bout d'une corde. D'où sa passion pour les étendages ! On ne saurait lui en vouloir.

7

Le cormoran huppé

Je n'oublierai jamais le jour où maman s'était décidée à repeindre le salon. En pareilles circonstances, mon frère et moi, nous préférons toujours disparaître. Nous étions donc chacun dans notre chambre, quand nous entendîmes de véritables clameurs. Et nous qui pensions que maman avait bientôt fini ! Il avait dû lui arriver un malheur.

Il faut que je vous dise : les malheurs qui arrivent à maman n'arrivent à personne d'autre. Lorsque nous rentrons de l'école, elle se précipite toujours pour nous raconter les catastrophes de la journée — c'est le vieux cygne qui s'est envolé, le hérisson qui a la colique, le cheval qui s'est échappé du pré... Ce jour-là, nous descendîmes l'escalier quatre à quatre pour voir ce qui la bouleversait à ce point.

Maman se tenait dans l'embrasure de la porte du salon. La peinture de la pièce avait l'air d'être terminée, et les murs étaient d'un joli vert clair. Hélas ! on remarquait sur les fauteuils et sur le divan un curieux dessin géométrique — sorte de faisceau formé de trois fléchettes — du même ton vert que les murs !

« Regardez le beau travail qu'elles m'ont fait ces deux-là », gémit maman en nous voyant.

Hé oui ! nos effraies avaient dû se mettre en tête de vouloir aider. Et les meubles du salon témoignaient de leur enthousiasme !

« Mes enfants, il faut enlever le maximum pendant que la peinture est encore humide », dit maman, qui dut aller répondre au téléphone.

Après avoir été chercher un seau d'eau savonneuse à la cuisine, nous nous mîmes à frotter. Nous nous demandions comment nous allions pouvoir dire à maman que nos efforts semblaient n'avoir aucun effet. C'était à croire que le salon serait à jamais décoré de pattes de hibou vertes ! Soudain, Saint-John s'écria :

« Mon Dieu, Sophie, regarde ! »

Je me retournai. Près de lui, derrière un fauteuil, une effraie nous surveillait du coin de l'œil. Elle était verte, verte de la tête aux pieds.

« Mon Dieu, répéta Saint-John.

— Allons vite à la cuisine avant que maman ne la voie », murmurai-je.

Il avait fallu des mois pour rendre à Chouchou son aspect normal après l'épisode de la cheminée. Ce n'est qu'à force de le brosser et de le laver que maman avait réussi à lui rendre son plumage habituel.

« Avec quoi va-t-on le laver ? demanda Saint-John. La peinture, ça s'enlève en général avec de la térébenthine. On ne peut quand même pas lui faire ça !

— Essayons avec du produit pour la vaisselle », suggérai-je.

Nous remplîmes l'évier d'eau tiède et commençâmes notre opération de nettoyage, plume par plume. Dès qu'elle entra dans la cuisine, maman comprit de quoi il s'agissait :

« Ah ! le méchant ! Comment aurais-je pu croire qu'il irait se fourrer dans mon pot de peinture ? Il est resté ouvert deux minutes tout au plus. Tiens, Saint-John, prends plutôt ce produit-là. C'est de la terre à foulon. Le jour où il était si noir de suie, je n'ai pensé que trop tard à m'en servir. Mais, depuis, j'en ai toujours sous la main. Avec ces deux-là, on ne sait jamais... »

Maman montra à mon frère comment frotter les plumes, qu'elle brossa ensuite elle-même avec beaucoup de douceur. La peinture ne disparut qu'en partie. En moi-même, je me disais que Chouchou restait bien vert !

« Et l'autre ? » demanda soudain maman.

L'autre ? Elle était cachée derrière le divan !

Elle avait, elle aussi, voulu goûter à la peinture, mais, étant moins aventureuse de nature, s'était contentée d'y tremper les pattes, si bien que seul le bout de celles-ci était vert. On aurait dit qu'elle avait mis des bottes !

Avec le temps, nos effraies ont fini par retrouver leurs plumes blanches. Mais le salon témoigne, aujourd'hui encore, de leurs prouesses. Nous n'avons jamais réussi à effacer complètement leurs traces sur les fauteuils et sur le divan.

Ce ne sont pas les seules de nos pensionnaires à avoir laissé dans notre maison la marque de leur passage. Comme vous allez voir, le cormoran huppé en a fait autant.

« Avez-vous perdu l'un de vos grands oiseaux ? me demanda un jour une dame, au téléphone. Si oui, c'est ici qu'il se trouve, et il faut que vous veniez le chercher au plus vite.

— Non, je ne crois pas, répliquai-je.

— Je vous attends, répéta la dame, qui ne m'avait pas écoutée. Votre oiseau a pourchassé mes hommes, il a même pincé mon garçon... qui en a été tout retourné...

— Madame, s'il vous plaît, attendez. Il faut que j'aille chercher maman. »

La dame raconta la même histoire à maman qui lui répondit :

« Il suffit de l'attraper et de le mettre dans une boîte, ou dans un grand carton. Peut-être l'avez-vous déjà fait ? »

Il y eut un instant de silence. Et puis la dame dit :

« Pas vraiment...

— Comment pas vraiment ? Que voulez-vous dire ? demanda maman. Il faut que je vous explique qu'on nous dérange trop souvent pour des bêtes qui n'ont aucunement besoin de nous. Combien de fois nous a-t-on fait déplacer d'urgence pour un oiseau qui s'est envolé avant notre arrivée ! »

Maman s'efforçait de faire comprendre cela à la dame. Je collai l'oreille à l'écouteur.

« Oh ! vous ne risquez rien de ce côté-là, disait la dame. Il n'est pas près de se sauver, cet oiseau-là. On a quand même fini par l'enfermer. Il est avec le taureau. Mais, pour l'attraper, c'est une autre paire de manches...

— Je suis bien sûre d'y arriver sans difficulté, déclara maman, posément.

— J'en mettrais pas ma main au feu, dit la dame. Si vous saviez ce qu'il a fait à mon garçon !

— De quelle espèce d'oiseau s'agit-il ? » interrogea maman.

Je commençais, moi aussi, à me le demander ! Je collai encore plus près mon oreille à l'écouteur.

« Je ne sais point, ma petite dame. Je n'en ai jamais vu de semblable, et, pourtant, j'ai point quitté la région depuis ma naissance !

— A quoi ressemble-t-il donc ? demanda maman, qui s'impatientait.

— Il est vert et noir. Plutôt vert, je crois.

— Avec des taches blanches ? Ce ne serait pas une pie, par hasard ?

— Mais non ! soupira la dame, comme si elle trouvait maman bien bête. C'est un gros oiseau. Bien plus gros qu'une pie. »

Maman fronçait les sourcils. Visiblement, elle réfléchissait.

« C'est peut-être un ara, lui suggérai-je.

— Est-ce qu'il ressemble à un perroquet ? » questionna maman.

La dame éclata de rire.

« Il n'a rien d'un perroquet ! C'est un oiseau qui a un gros bec...

— Et qui est noir et vert ? » Maman était de plus en plus perplexe. « Je crois qu'il vaut mieux que je vienne. Attendez-moi. J'arrive tout de suite.

— Est-ce que tu veux venir avec moi ? me demanda-t-elle en raccrochant le téléphone.

— Oui », répondis-je.

J'étais aussi curieuse qu'elle de voir cet oiseau mystérieux.

Papa était en train de bricoler sa voiture. Quand il nous vit, avec un grand carton que maman avait sous le bras, il voulut nous y conduire. C'était pour lui l'occasion de vérifier si le moteur était bien réparé, et, pour nous, une vraie chance !

Nous laissâmes l'auto au bout du chemin qui menait à la ferme indiquée. Dès qu'elle nous vit, Mme Marsch se précipita dehors pour nous tendre la main — une main rougie, ornée au poignet d'une dentelle de bulles de savon.

« Il est là-bas », nous dit-elle, montrant, de l'autre côté de la cour, un bâtiment qui comportait plusieurs portes, chacune à deux vantaux. « C'est là que vous le trouverez », ajouta-t-elle, en désignant du doigt l'un des boxes, dont seul le vantail supérieur était ouvert.

Mon Dieu, que cette cour était donc boueuse ! Heureusement que j'avais mes bottes de caoutchouc !

J'avançais la première, avec maman. Derrière, papa bavardait avec la fermière. Nous voulûmes, maman et moi, regarder à l'intérieur du box. La terreur nous fit reculer si vite que nous glissâmes dans cette boue immonde, dans laquelle nous nous retrouvâmes toutes les deux assises. Nous n'avions pas vu un oiseau, mais un gigantesque taureau, à l'énorme tête blanche, aux petits yeux noirs et méchants. En nous apercevant, l'animal avait chargé, tête la première, et le bruit qu'il avait fait en heurtant la porte de bois m'a donné la plus belle peur de ma vie. Péniblement, je me relevai ; j'avais de la boue jusqu'aux chevilles. Je regardais avec effarement la porte qui tremblait sous les coups répétés et les mugissements du monstre. Comment un oiseau pouvait-il survivre là-dedans ?

« N'ayez crainte. Il est doux comme un

agneau », dit Mme Marsh, qui nous avait rejointes.

Comment pouvait-elle dire une chose pareille ? L'animal avait reculé, mais, d'où j'étais, on voyait bien qu'il était prêt à passer de nouveau à l'attaque. Pour rien au monde je ne me serais approchée d'un pas. A côté de moi, papa et maman n'y tenaient visiblement pas plus que moi.

« C'est une paire d'amis, cet oiseau-là et mon taureau, continua Mme Marsh. Ils ne se quittent plus. Il est forcément caché dans un coin, votre oiseau. Allez donc voir ! »

Papa et maman se regardèrent. Papa avança avec précaution. Dès qu'il aperçut l'ombre qu'il projetait, le grand taureau blanc fonça de nouveau, tête baissée, sur la malheureuse porte.

Mme Marsh s'approcha. Elle se mit à lui parler doucement, comme à un bébé. A notre stupéfaction, la terrible bête recula d'un pas. Mais elle gardait toujours la tête baissée.

« Et voilà ! dit la fermière. Je vous avais bien dit qu'il est doux comme l'agneau qui vient de naître. »

Nous regardions le monstre avec méfiance, mes parents et moi. Des muscles puissants ondulaient sous sa peau, et son front n'avait même pas une égratignure.

« Il est là, votre oiseau », annonça la fermière, en désignant du doigt un coin du box.

Nous avançâmes un tout petit peu. Il n'y avait rien, dans ce box, que la masse énorme de ce taureau. Il y faisait très sombre, d'ailleurs, car la lumière n'entrait que par la moitié supérieure de la porte. Nous n'osions guère quitter le monstre des yeux. Il nous surveillait de son œil méchant, tout en tapant du pied avant droit la paille qui recouvrait le sol. Pour mieux voir, papa se pencha par-dessus le vantail. L'animal baissa encore plus la tête. Mon Dieu, allait-il attaquer à nouveau ?

« Mais c'est un cormoran huppé ! » s'exclama papa en reculant.

Il avait donc vu quelque chose !

« Qu'est-ce que vous dites ? demanda Mme Marsh.

— C'est un oiseau de mer, une espèce de cormoran.

— Mon mari avait donc raison, s'écria Mme Marsh toute contente. Il avait dit un "car marrant"... »

C'est papa qui semblait étonné d'avoir découvert un cormoran huppé dans cette ferme ! Et pourtant, à voir comment les choses se présentaient, celui-ci allait peut-être devoir y finir ses jours. Car personne ne voulait aller le chercher ! Papa et maman refusaient tout net d'entrer dans le box tant que le taureau y serait. Ce que Mme Marsh trouvait d'ailleurs comique : pensez, un taureau si gentil, qui n'aurait pas fait de mal à une mouche !

Je commençais à me demander qui avait raison, quand, soudain, le taureau chargea. Cette fois-ci, j'étais sûre que la porte allait céder. Mme Marsh dut avoir peur, elle aussi, car elle s'écria :

« Ne bougez pas, il vaut mieux que j'aille chercher mon garçon. » Et, faisant demi-tour, elle s'écria : « Harry, Harry ! »

Harry arriva, une longue fourche à la main. Il ne devait pas avoir moins de cinquante ans, je n'aurais jamais pensé que Mme Marsh avait un garçon de cet âge-là. Il sentait fort la bouse de vache et le purin. Il était probablement en train de nettoyer l'étable quand on l'avait appelé.

Harry déclara qu'il voulait bien se charger du taureau, mais qu'on ne lui demande pas d'entrer dans le box, tant que ce « satané animal » y serait !

« Il m'a eu une fois, il ne m'aura pas

deux, expliqua-t-il, en remontant sa manche pour nous montrer une longue égratignure qu'il avait au bras.

— Comment cela vous est-il donc arrivé ? demanda papa.

— Vot'satané oiseau était perché là-bas, sur c'te barrière. Il s'est attaqué à moi, quand il m'a vu passer. C'est un animal dangereux. Je n'entrerai pas tant qu'il sera là ! »

Et papa et maman qui refusaient d'entrer à cause du taureau ! Nous étions devant un problème insoluble, quand Mme Marsh dit, après un instant de réflexion :

« Peut-être que mon mari aura une idée. Il ne devrait pas être bien long à revenir des champs. »

Nous décidâmes d'attendre le retour de M. Marsh. Pendant que nous bavardions tous les cinq, le taureau ne nous quitta pas une seconde de ses petits yeux mauvais.

Quand le fermier arriva enfin, il refusa lui aussi d'entrer dans le box. Le taureau ne lui faisait pas peur, mais ce cormoran, c'était une autre affaire... Pourtant papa lui dit que ce n'était pas un oiseau plus gros qu'un canard. Et des canards, il en avait plein sa ferme !

Finalement, on arriva à un accord. Papa

et le fermier entreraient ensemble. M. Marsh tiendrait le taureau, papa attraperait l'oiseau.

Rien de plus simple. Il suffisait d'y penser.

Quelques minutes après, le taureau se retrouvait attaché à un anneau fixé au mur, et l'oiseau sous le bras de papa. Quand on songe à ce qu'il avait fallu discuter pour en arriver là !

Cette façon d'être porté déplaisait fort au prisonnier. Il essayait, mais en vain, de se libérer. Papa le tenait trop bien. Je ne comprenais pas pourquoi Mme Marsh avait dit que son plumage était vert. Je le trouvais, moi, plutôt kaki ; comme je pensais, d'autre part, que c'était Harry qui sentait si fort, je n'osais parler de cette horrible odeur devant lui... Ce n'est qu'une fois montée dans l'auto que je réalisai que l'oiseau sentait encore plus mauvais.

« Quelle horreur ! dit papa. Dire qu'il faut l'emmener comme ça ! »

C'est alors que, regardant le cormoran de plus près, je vis qu'il n'était pas vraiment kaki. Il avait dû se poser sous l'arrière-train du taureau, car il était couvert de bouse ! Et parce que l'animal s'était tant débattu, papa en était couvert, lui aussi !

Nous fîmes le trajet du retour toutes les

glaces ouvertes. Papa et maman avaient de la chance d'être assis devant ! Moi j'étais sur la banquette arrière, avec, à côté, le carton. L'odeur était épouvantable. Plus tard, maman eut beau laver et relaver l'intérieur de la voiture, cette puanteur ne s'en alla pas avant des mois. Elle essaya bien de mettre de l'eau de Cologne sur les sièges, mais, à mon avis, ça ne fit qu'empirer les choses.

Dès notre arrivée, nous remplîmes la baignoire pour y plonger notre nouveau pensionnaire. L'eau devint instantanément marron. Nous eûmes beau la changer plusieurs fois, elle resta toujours marron. Il nous fallut trois jours pour qu'elle s'éclaircisse, et bien plus longtemps pour que l'odeur disparaisse de la salle de bain.

Le cormoran se moquait bien de la couleur de son bain ! Il était toujours ravi d'entrer dans la baignoire. Lorsque nous étions dans la salle de bain, il restait immobile, droit comme une statue, mais quand il pensait être seul, il plongeait la tête sous l'eau avec tant de brusquerie que la pièce en était éclaboussée jusqu'au plafond. Nous comprîmes vite qu'il ne savait pas compter ! Nous lui jouâmes le tour que nous avions joué, avant lui, à tant de bêtes. Nous entrions à deux dans la salle de bain, un seul de nous en ressortait. Se croyant alors seul, le cormoran se lavait, se lissait, s'inondait... Nous profitions tour à tour de ce ravissant spectacle à condition de ne pas bouger car il se figeait sur place au moindre mouvement.

C'était un drôle d'oiseau, ce cormoran huppé. Devant nous, il était terne, effacé, impassible. Mais, quand nous n'étions pas là... Ah ! quand nous n'étions pas là, il s'en donnait à cœur joie ! Si vous saviez les saletés qu'il nous fit ! Nous étions obligés de le garder isolé, ne sachant s'il était ou non malade. Nous ne pouvions risquer de le voir contaminer nos autres pensionnaires. Lui s'en moquait bien, d'ailleurs. Il était dans la salle de bain comme chez lui. Nous n'avons jamais su s'il s'était égaré ou s'il avait été malade. Ce qui est certain, c'est qu'il est très rare de trouver un cormoran huppé si loin de la mer, à plus de cent kilomètres des côtes. A son arrivée, il était maigre mais cela n'avait rien d'inquiétant. D'ailleurs, il reprit vite du poids. Dès que l'eau de la baignoire devint claire, papa y jeta une demi-douzaine de petits poissons. Ceux-ci disparurent immédiatement. Nous ne l'avions même pas vu bouger ! Et pourtant, où

seraient-ils passés ces poissons, sinon dans le gosier de notre cormoran huppé ? Papa, pour voir, voulut lui lancer quelques sprats de plus. Cette fois-ci, l'animal resta d'une immobilité parfaite. Quand nous revînmes, ayant dû quitter quelques instants la pièce, il n'y avait plus que lui dans la baignoire ! Il n'avait pas l'air de s'être déplacé, mais quelle expression satisfaite !

Un autre jour, après lui avoir jeté ses poissons, nous voulûmes le regarder manger par le trou de la serrure. Me croirez-vous ? Il avait deviné que nous étions derrière la porte, il la regardait d'un air méfiant, sans bouger. Mais la tentation fut la plus forte : il leva une patte, puis l'autre, avança le cou, brusquement plongea la tête... Ce fut la fin des petits poissons ! Repu, il pataugea quelques instants, sauta sur le rebord de la baignoire puis sur le lavabo, après avoir promené autour de lui un regard circulaire. A peine avions-nous entrouvert la porte, qu'il était déjà de retour dans son bain. On aurait pu croire qu'il ne l'avait pas quitté ! L'ayant vu le premier jour avaler trois livres de poissons, papa nous dit :

« En voilà un que je vais relâcher en priorité ! Un tel appétit nous ferait faire faillite ! Cet oiseau-là mange plus qu'un fou de Bassan ! »

Quand la bouse s'en alla, nous comprîmes pourquoi Mme Marsh avait parlé de plumage vert et noir. A première vue, ce cormoran était noir, mais, à la lumière, il prenait des reflets vert foncé. Il avait sur le haut du crâne une drôle de petite crête qui descendait sur son bec comme un accroche-cœur. Quand il était de mauvaise humeur, celle-ci retombait en arrière, on la voyait alors à peine. Son long bec était foncé, mais jaune à la base, et la peau, près du bec et des yeux, était jaune aussi. Il avait les pieds noirs et palmés. Sa taille rappelait celle d'une petite oie. Bien des gens ne savent pas reconnaître un grand cormoran d'un cormoran huppé, tant ils se ressemblent. Cependant le premier est un peu plus grand, son plumage n'est pas de couleur uniforme, il est d'un noir bleuté, mais généralement blanc à la face intérieure. De plus, il n'a pas de crête. Les pêcheurs écossais appellent ces deux oiseaux « perroquets de mer ». Les grands cormorans s'enfoncent parfois assez loin à l'intérieur des terres, mais les cormorans huppés quittent rarement les côtes rocheuses sur lesquelles ils nichent.

Plus le temps passait, plus l'appétit de

notre pensionnaire grandissait, si bien que, dès que son plumage eut repris son aspect normal, nous nous mîmes à la recherche d'un endroit où le relâcher. Par parenthèse, je vous avouerai que nous avons souvent lavé dans la baignoire des oiseaux couverts de goudron, sans que cela pose, ensuite, de problèmes de nettoyage particuliers. Mais, du passage de cet animal-là, et de la bouse du taureau de M. Marsh, notre pauvre baignoire ne s'est jamais remise.

Où lâcher notre oiseau ? C'était un problème, car le cormoran huppé ne vole jamais très loin, il reste en général sur place. En Grande-Bretagne, on le trouve surtout sur la côte ouest. Nous nous mîmes en rapport avec Gerald Summers, avec qui papa travaille depuis des années. Lui savait où nichent les cormorans huppés au pays de Galles. Il proposa de se charger de notre protégé. Je ne vous dirai pas que nous avions le cœur brisé quand il est parti. Il coûtait trop cher à nourrir !

Gerald nous appela quelques jours plus tard pour nous dire que son fils, qui est à la télévision, avait filmé la remise en liberté de notre ancien pensionnaire. Il nous précisa l'heure et le jour de l'émission. Malheureusement, nous ne comprîmes rien à ce que racontait le reporter : il parlait gallois !

Avant de nous en séparer nous avions peint une marque distinctive à l'arrière de la tête de notre cormoran huppé. Cela pour qu'on puisse, à l'occasion, le reconnaître. Gerald nous dit qu'il est toujours à l'endroit où il l'a lâché, au milieu d'une petite colonie d'oiseaux de même race. Je suis sûre qu'il est plus heureux là qu'à la ferme de M. Marsh. Même si son grand ami le taureau lui manque encore un peu.

8

Le fulmar

Je vous l'ai peut-être déjà dit ? Ces deux effraies s'étaient bel et bien approprié notre salle à manger. Dès que maman voulait prendre quelque chose dans le buffet, Chouchou ululait, ailes écartées. C'était sa façon à lui de faire peur, d'empêcher maman de s'approcher de son radiateur. C'est bien simple : maman n'était plus chez elle ! Ces deux-là n'étaient d'ailleurs pas les seules à considérer qu'elles étaient chez elles dans notre maison. A peine installé chez nous, le fulmar fit de même.

Nous avions été prévenus de son arrivée. En effet, les gardes forestiers de la forêt de Sherwood nous avaient téléphoné qu'ils allaient nous l'apporter. Les personnes qui l'avaient trouvé avaient essayé de le relâcher sur un étang. L'ayant pris pour une espèce de grosse mouette, elles pensaient qu'il se contenterait de nager en compagnie des canards ! Elles s'étaient étonnées de le voir se désintéresser des croûtes de pain qu'elles lui avaient jetées, et n'avaient pas compris pourquoi il voulait revenir sur la terre ferme. Les gardes avaient tout de suite vu qu'il s'agissait d'un oiseau de mer, d'un fulmar, c'est-à-dire d'une espèce de pétrel. Après l'avoir gardé quelques jours, ils avaient pensé à nous.

Comme nous adorons, mon frère et moi, nous promener dans la forêt de Sherwood, où nous nous imaginons toujours retrouver le souvenir de Robin des Bois, nous voulûmes absolument faire la connaissance de ces gardes. Les histoires qu'ils nous racontèrent étaient si passionnantes que tout le monde en oublia le fulmar ! Ils nous parlèrent de la forêt, de leur travail qui les amenait souvent à s'occuper de bêtes sauvages, d'où l'intérêt évident qu'ils portaient à notre refuge. Mes parents voulurent leur faire faire le tour du propriétaire. Ce n'est qu'au moment de leur départ que maman se rappela le fulmar !

« Il a bon appétit, cet oiseau-là, dit l'un des gardes. Vous verrez, il vous avale un hareng sans problème ! Il paraît en bonne santé, mais je me demande s'il peut voler : toutes ses plumes sont cassées... »

La plupart des gens ne se rendent pas compte de l'importance d'une seule plume cassée. Un oiseau a besoin de toutes ses plumes car elles s'appuient les unes sur les autres et sont solidaires. Si plusieurs sont abîmées, son plumage ne sera plus aussi imperméable, et il volera moins bien.

Pour réparer une plume cassée, nous procédons à une opération de « greffage » ; cela consiste à introduire un greffon dans la penne cassée, puis à coller à celui-ci une autre plume retaillée de façon à avoir exactement la même taille que celle qu'il a fallu remplacer. Si l'oiseau est petit, on peut aussi plus simplement essayer d'arracher les plumes cassées. De nouvelles plumes repoussent vite, cependant, elles ne sont pas toujours bien placées. Lorsqu'il s'agit d'un gros oiseau, en revanche, une plume, qui a été tordue, malheureusement repousse tordue. Elle ne se remet jamais comme il faut, même après plusieurs mues. A propos, savez-vous qu'on peut provoquer une mue artificielle en gardant un oiseau bien au chaud, et en le nourrissant avec des protéines et de la vitamine B12 ?

« Il faut quand même que nous allions

voir ce fulmar », dit maman, une fois les gardes partis.

Ceux-ci avaient si bien empaqueté l'animal que nous mîmes un certain temps à défaire les nœuds. Le carton à peine ouvert, un grand oiseau en jaillit, tel un diable de sa boîte. Il jacassait, jacassait... Ce devait être pour nous dire qu'il était resté enfermé trop longtemps. J'essayai de le prendre. Cela ne lui plut guère. Le voilà qui se mit à piailler de plus belle. Je reculai. Plus courageuse que moi, maman réussit à l'attraper. Cela lui valut de recevoir un bon coup de bec. Le sang perla. C'est que cet animal-là avait comme un crochet à sa mandibule supérieure !

« Regarde comme il est doux au toucher », dit maman sans rancune.

C'est vrai, le plumage de cet oiseau était doux, merveilleusement doux, on aurait cru du velours. Ses plumes étaient si serrées que je renonçai à y glisser les doigts.

Maintenant qu'il était entre les mains de maman, le fulmar ne paraissait plus du tout fâché. Il regardait autour de lui avec une certaine suffisance. Maman le posa par terre. Elle mit près de lui un bol rempli d'eau dans lequel elle jeta plusieurs petits poissons. En quelques secondes il avait tout avalé. En voilà un que nous n'aurions pas à nourrir de force ! J'avais du mal à croire qu'une bonne douzaine de sprats pouvaient disparaître si vite ! Le fulmar en eut d'ailleurs l'air le premier étonné. Il resta planté là, immobile, un moment, puis il secoua la tête. Et c'est alors seulement qu'il commença son tour d'inspection !

Il tomba en arrêt devant mes pantoufles. L'une après l'autre, il les souleva, puis il tourna la tête de côté comme pour les regarder sous un autre angle. Prenant à nouveau l'une d'elles dans son bec, il la secoua cette fois comme un jeune chiot s'amuse avec un os. La laissant bientôt retomber, il fit subir le même sort à la seconde. Et puis mes pantoufles le lassèrent. Qu'allait-il donc trouver pour les remplacer ? La queue du chat !

Froufrou dormait au chaud, près de la cuisinière. Devant cette queue rayée de noir et de blanc, le pétrel ne put résister. La tentation de la prendre dans son bec fut la plus forte. Il prit un bout de queue, le laissa retomber, le reprit... et ce manège dura plusieurs minutes sans que Froufrou sorte de son paisible sommeil. Mais quand ce plaisantin de fulmar se mit en tête de secouer la pauvre queue comme il avait

secoué mes pantoufles, ce fut une autre histoire. Réveillé brusquement, Froufrou sursauta. Il miaula, comme seul il sait le faire. D'un saut, il bondit sur la table, entraînant son bourreau qui, n'ayant pas lâché prise, fit un véritable saut de carpe !

Il lui en fallait plus pour le décourager. Il repartit sur-le-champ en reconnaissance... Sa démarche était lourde et peu gracieuse, il n'avait pas l'air d'être bien solide sur ses pattes, et il s'asseyait de temps à autre comme pour se reposer. Mes pantoufles continuaient à le fasciner. Il ne se lassait pas de les tourner et de les retourner. De même, il revenait continuellement boire dans son bol.

« Cela n'est pas normal, déclara maman. Un oiseau de mer ne boit jamais d'habitude. Il trouve tout le liquide dont il a besoin dans les poissons qu'il avale. Lorsqu'un oiseau aquatique boit, c'est qu'il a, le plus souvent, des ennuis de reins.

— Peut-être a-t-il seulement trop chaud, dit Saint-John. Un fulmar ne peut pas se sentir bien dans un endroit aussi chauffé. »

Cet oiseau-là ne me faisait pas l'effet d'être malade. Il continuait sa promenade, mordillant tout ce qui lui tombait sous le bec. A un moment, il se mit en tête de rattraper la queue de Froufrou, qui était maintenant roulé en boule sur un tabouret, sa queue dépassant à peine. En vain, cette fois-ci, le fulmar essaya-t-il de la prendre. Froufrou le surveillait d'ailleurs du coin de l'œil avec méfiance.

« Remettons-le dans sa boîte », dit maman.

Saint-John se baissa pour prendre l'oiseau. Ce ne fut pas du tout de son goût. Tendant le cou, il donna un bon coup de bec à mon frère.

« Aïe, s'écria celui-ci, il m'a fait mal ! »

Il s'en approcha de nouveau, faisant plus attention. Mais l'animal l'attendait ! Cette fois-ci, il ne mordit pas, il cracha ! Un filet de liquide noir et huileux jaillit de son bec.

Les mains et le pantalon de Saint-John en furent tout éclaboussés. Mon frère était pétrifié. Mon Dieu, que ce liquide sentait donc mauvais ! Je me précipitai pour ouvrir la fenêtre. Saint-John, ayant repris ses esprits, fit couler de l'eau dans l'évier. Il eut beau se frotter et se refrotter, il sentait encore le poisson quand il monta se coucher ce soir-là, et maman n'a jamais pu complètement détacher son pantalon d'uniforme ! Pourtant, elle le lava tous les jours pendant toute une semaine.

A partir de ce moment-là, Gaspard — c'est ainsi que nous avions appelé notre nouveau pensionnaire —, Gaspard, donc, prit la mauvaise habitude de cracher sur tout ce qui lui déplaisait. Nous ne comprîmes jamais très bien ses réactions. Objet ou être humain, peu lui importait. Il ne nous cracha plus jamais dessus, il est vrai. En revanche Philippe, l'ami de Saint-John, n'y échappa pas, un après-midi qu'il était venu goûter. De même l'employé de la compagnie d'électricité. En voilà un qui n'est pas près d'oublier le jour où il est venu relever le compteur à la maison !

Gaspard s'habitua vite à la présence de nos chiens, et même à celle de Froufrou. Mais lorsque l'un ou l'autre de nos autres

pensionnaires s'approchait de lui, le voilà qui, immédiatement, rejetait la tête en arrière et qui, sans plus crier gare, crachait son jet de liquide noir et malodorant. Tante Gertrude, qui vient toujours à la maison avec son pékinois, ne se fit jamais à pareille réception.

« Ah ! l'affreux, le sale oiseau », gémissait-elle, en s'efforçant de cacher son petit chien chéri dans ses jambes.

Je ne suis jamais arrivée à lui faire comprendre que cette façon d'agir est, chez les fulmars, un mécanisme de défense. C'est leur manière à eux de se débarrasser de leurs ennemis.

Les fulmars sont de merveilleux oiseaux. Comme les pétrels, ils ont la maîtrise de l'air. Toute leur vie se passe à voler, ils ne viennent à terre que pour faire leur nid, choisissant en général une haute falaise, plus rarement une construction à plusieurs étages, de façon à se trouver en plein ciel dès qu'ils quittent le nid. Gaspard avait, au-dessus du bec, les narines sombres et tubulaires qui sont caractéristiques des pétrels. C'était un gros oiseau, de près de cinquante centimètres de long, au plumage bleu-gris, avec, toutefois, la tête et le ventre blancs, et les yeux marron foncé. Son gros bec crochu

dessus des heures entières, et grognait avec humeur si l'on essayait de l'en faire bouger. Oui, il était chez nous comme chez lui. Et pourtant, nous savions, nous, que nous ne pourrions pas le garder toujours. Il avait beau avoir l'air heureux, ce ne pouvait être bien de faire vivre, dans un coin de notre cuisine, un oiseau épris de liberté comme sont tous les fulmars.

Un fulmar en vol donne une extraordinaire impression de puissance et de liberté. Il monte en décrivant des cercles de plus en plus grands, avec une grâce admirable. C'est un oiseau qui n'a pas d'ennemis. S'il y en a de moins en moins, c'est par la faute de l'homme. Car, autrefois, on considérait qu'il constituait un mets de choix. On attrapait donc la pauvre bête au nid, on la plumait, on la fumait... Les jeunes, tout grassouillets, étaient les plus appréciés des amateurs. Petites boules rondes et duveteuses, ils sont en effet deux fois plus gros que leurs parents. Autrefois, c'est par milliers qu'on dénichait les fulmars pour s'en régaler, si bien qu'au siècle dernier, ils étaient devenus rarcs sur nos côtes. A présent la race est protégée et la chasse au fulmar interdite. Grâce à cela on en voit très souvent au bord de la mer. La femelle pond un seul œuf par an, et ce pas avant sa huitième année. Mais elle se construit un nid d'herbes bien avant, et s'y installe comme si elle avait déjà quelque chose à couver. C'est pour s'entraîner, je pense.

Nous entourâmes Gaspard de beaucoup d'attentions pendant sa mue. Pendant la repousse, nous protégeâmes ses plumes avec du papier, pour empêcher qu'elles ne se cassent, et nous lui donnâmes des vitamines en plus. Il finit par acquérir un plumage sans défaut. Maintenant, apparemment, l'eau lui faisait moins peur. Tout l'été, nous avions tant fait pour l'encourager ! Quelle patience il nous avait fallu ! Quand il était dans le jardin, par exemple, nous l'arrosions avec le jet. Au début, il n'avait pas paru comprendre qu'on le mouillait, mais, après quelques semaines, il s'était enfin mis à lisser ses plumes. Nos ennuis recommencèrent quand nous voulûmes à nouveau le baigner dans la bassine ; ce n'est qu'à force de diminuer la quantité d'eau que nous lui fîmes dominer sa peur. Puis nous attendîmes un peu pour recommencer l'opération inverse : jour après jour, subrepticement, nous ajoutâmes un peu d'eau. Un jour, il finit par flotter, gaiement. Mais un quart d'heure après, vingt minutes au plus tard, son ventre était tout mouillé, il nous fallut vite le sortir, sinon il aurait coulé ! Nous répétâmes l'expérience plusieurs semaines. Ce fut toujours avec le même résultat. Notre Gaspard ne pouvait donc rester dans l'eau plus de vingt minutes.

Maman était affreusement déçue.

« En être arrivé là et ne pouvoir rien faire de plus pour imperméabiliser son plumage ! me dit-elle un matin.

— C'est peut-être naturel chez lui ! suggérai-je.

— Ah ! mais c'est que tu as peut-être raison ! s'exclama-t-elle. Je n'y avais pas pensé. »

Elle se précipita au téléphone et appela le poste de sauvetage de Flamborough Head pour demander qu'on veuille bien observer des fulmars d'aussi près que possible. Quinze jours plus tard, nous recevions une lettre qui nous fut très utile, car elle contenait tous les renseignements dont nous avions besoin. Un certain M. Smiles nous racontait que les fulmars se posent rarement sur la mer et jamais plus de quatre minutes. Ils ne font en général qu'y plonger pour pêcher. Ce M. Smiles avait bien vu un jour un fulmar rester dans l'eau douze minutes très exactement. Il avait remarqué que, quand celui-ci s'était envolé, son ventre était tout mouillé. C'est tout ce que nous voulions savoir !

Notre Gaspard était donc comme tous les fulmars. Son plumage n'avait rien d'anormal. Nous n'avions pu lui greffer que deux plumes, mais les autres avaient repoussé là où il fallait. Il avait grossi, il était en excellente forme. Il fallait donc le remettre en liberté.

J'étais triste à l'idée de le perdre. Le jour où il quitta la maison, j'avais les larmes aux yeux. Mais il était gai, lui, gai comme un pinson. Avait-il deviné où il allait ?

Un certain M. Swann, qui à notre requête avait déjà relâché plusieurs oiseaux, emmena Gaspard sur la côte du pays de Galles et, là, il lui rendit la liberté. Les jours qui suivirent, nous nous attendions un peu à un coup de téléphone de M. Swann nous disant que Gaspard n'avait pas voulu s'éloigner, qu'il était revenu, qu'il nous le ramenait ! C'est que, voyez-vous, il avait été comme chez lui à la maison ; je n'arrivais pas à l'imaginer tournoyant au-dessus de la mer... Et pourtant, à peine l'avait-on lâché au large, paraît-il, qu'il avait ouvert toutes grandes ses ailes pour prendre son vol, partant en flèche, virevoltant, descendant, plongeant, remontant... comme s'il n'avait jamais rien fait d'autre. Il avait suivi un bon moment le bateau de M. Swann. Lorsque celui-ci lui avait jeté des poissons, il les avait attrapés à peine tombés dans l'eau, presque au vol. Et puis, il était remonté à nouveau très haut dans le ciel. Il paraît qu'il ne s'était guère éloigné de la côte les premiers jours, et puis il s'était aventuré plus au large.

Cela s'est passé il y a plus d'un an. Pourtant, aujourd'hui encore, quand ils sortent en mer, les Swann disent qu'un fulmar suit souvent leur bateau. Il attrape au vol les poissons qu'on lui jette. Ils sont convaincus que ce fulmar est notre Gaspard. Comme j'aimerais en être sûre ! Il était si heureux quand il habitait à la maison. Je voudrais tant être certaine qu'il l'est au moins autant, maintenant qu'il a recouvré la liberté !

9

La corneille

Un soir que maman entrait dans la salle à manger, elle poussa un cri d'horreur :

« Mes rideaux neufs ! »

Eh bien, il n'en restait pas grand-chose de ses rideaux neufs ! L'un, mordillé dans le bas, pendait encore, c'est vrai, à la fenêtre, mais l'autre avait bel et bien été subtilisé. Seul, un tout petit peu de tissu déchiré dépassait de derrière le radiateur. Nos deux effraies s'en étaient fait un nid douillet !

Ah ! ces rideaux ! Ils sont toujours une question délicate, à la maison. Il faut vous dire que les vieux rideaux avaient plus ou moins subi le même sort, un jour que mes hamsters s'étaient échappés de leur cage. C'est même pour cela que nous en avions des neufs ! Du moins jusqu'à ce que ces deux coquines se les approprient. Remarquez que ces effraies ne sont pas les seules à n'avoir aucun sens de la propriété. Je pense surtout à Jackie, la corneille.

Je crois que les bêtes ont les mêmes problèmes que les hommes. Celui de Jackie est celui de beaucoup de gens : Jackie est alcoolique. Elle n'a même pas besoin de *boire* pour se conduire comme si elle était ivre. Un regard du côté d'une bouteille de bonne bière lui suffit. Je me dis parfois qu'elle devrait aller aux réunions des alcooliques anonymes !

Nous la gardons maintenant dans une volière. Quand elle avait sa liberté, elle volait tout droit jusqu'au bistrot le plus proche, pour aller se piquer... le bec ! Il fallait se battre avec elle pour la faire rentrer. Quand elle avait dépassé les bornes, elle se trouvait mal. La première fois que, devant moi, elle tomba dans les pommes, je l'aurais peut-être crue morte, si je ne l'avais pas vue bien vite se remettre sur patte en titubant. Les jours suivants, papa m'assura qu'elle avait la gueule de bois. Ce qui est peut-être vrai, car elle restait étonnamment tranquille sur son perchoir. On ne l'entendait pas de la journée.

Jackie est une corneille noire — un grand oiseau sombre, au bec aiguisé comme une

lame de rasoir. A cause de sa taille, on la prend souvent pour un corbeau. Elle est capable de beaucoup de fourberie. Elle sait être douce et gentille mais il suffit que l'envie la prenne, et la voilà qui devient instantanément méchante et rusée. Nous savons toujours quand son caractère va changer : elle penche alors la tête d'une certaine façon, en fermant à moitié les paupières. Je n'oublierai jamais la première fois qu'à la maison cela lui est arrivé. Des amis de papa étaient là, et maman avait apporté de la bière au jardin. Jackie est descendue en flèche d'une branche, elle s'est posée sur la table qu'elle a traversée en se dandinant, et elle est allée fourrer son bec dans un verre. Cela amusa fort la société. Je ne saurais vous dire si Jackie but beaucoup ou non. Mais ce que je sais, c'est que lorsque nos invités se levèrent pour partir, Jackie sauta sur l'épaule de maman. Celle-ci, d'ailleurs, n'en fut pas surprise, cela arrivait souvent. Seulement, ce jour-là, la corneille se plaça différemment. Brusquement, elle attaqua maman au visage. Ce fut affreux. Elle avait une patte sur le nez de maman, une autre dans ses cheveux. Nous n'arrivions pas à la faire partir. Elle donnait coup de bec sur coup de bec. Je me mis à hurler. Maman, j'en étais sûre, allait devenir aveugle. Il y avait du sang partout. Maman se débattait. Papa finit par arracher la bête de force. Heureusement, les coupures n'étaient pas aussi graves que je craignais. Elles se refermèrent vite. Mais, depuis ce jour-là, nous nous assurons toujours que Jackie est dans sa volière, quand nous avons des visiteurs. Ce qui n'est pas toujours facile lorsque ceux-ci arrivent à l'improviste.

Jackie avait été adoptée toute petite par des jeunes mariés qui ne connaissaient absolument rien aux oiseaux. Ils ne s'étaient certes pas rendu compte de la taille que prendrait cet oisillon en grandissant. L'idée qu'il voudrait peut-être alors rester avec eux ne les avait même pas effleurés. Lorsqu'ils avaient trouvé Jackie assez grande pour se débrouiller toute seule, ils l'avaient emmenée à la campagne, dans un joli coin, à plusieurs kilomètres de chez eux. Ils nous racontèrent comment ils l'avaient vue se diriger mi-clopinant, mi-volant vers un étang, pour y boire, et comme ils s'étaient sentis un peu coupables de la laisser. Imaginez leur étonnement en trouvant, à leur retour, Jackie qui les attendait sur le pas de leur porte ! Quand ils voulurent la relâcher une seconde fois, Jackie refusa tout net de descendre de leur voiture. Ils eurent alors une idée ; ils enfermèrent la corneille dans un carton, et demandèrent à un de leurs amis d'emporter celui-ci et de ne l'ouvrir que très loin de leur domicile. Cette fois encore, ce fut l'échec. Jackie trouva le chemin du retour ! C'est alors qu'ils pensèrent à nous faire signe.

Ils avaient élevé Jackie comme leur enfant. Elle mangeait les miettes de leur repas, dormait à côté d'eux au fond d'une boîte. Elle les suivait même au bistrot, lorsqu'ils sortaient le soir prendre un verre. Ce sont eux qui lui ont appris à aimer la bière. Ils ne pouvaient se rendre compte, bien sûr, qu'elle ne pourrait plus s'en passer. Jackie voulut bientôt avoir son verre de bière tous les soirs. Elle devenait méchante si on l'en privait. Comme le jeune ménage avait un tout petit appartement, et que Jackie, en grandissant, prenait de la place, le mari eut l'idée de retourner la table et de la recouvrir de grillage, pour qu'elle ait son coin à elle. A partir de ce jour-là, sa femme et lui n'eurent plus qu'à manger sur leurs genoux ! Ce n'était pas idéal. C'est dire comme ils furent contents de nous voir... et de se débarrasser de leur protégée. Personne ne nous parla de son goût pour la bière.

Nous ne fûmes pas longs à remarquer que Jackie n'était jamais loin quand papa servait à boire. Il nous devint vite impossible de prendre l'apéritif sans offrir quelque chose à Jackie. Du temps où celle-ci était en liberté, elle descendait en flèche se servir elle-même. Quand, plus tard, elle vécut enfermée, les gémissements monotones qui s'échappaient de la volière finissaient toujours par nous faire pitié. L'un de nous lui apportait alors un petit peu de bière.

Nous avions promis au jeune couple d'essayer de la remettre en liberté. Ce qui, à première vue, paraissait simple. Le premier jour, Jackie s'était contentée de voler au-dessus du pré, mais, avec le temps, elle s'enhardit et s'en alla de plus en plus loin. Quand nous partions en randonnée, mon frère et moi, nous ne nous étonnions plus de la sentir soudain se poser sur notre épaule, ou sur notre tête. Nous avions renoncé à jouer à cache-cache : elle retrouvait toujours celui qui se cachait !

Tout un été, Jackie jouit de la liberté la plus complète. Mais papa s'inquiétait de la voir parfois se poser sur la tête de l'un ou de l'autre de nos petits camarades. Le soir, pour la faire rentrer, il allait se poster dans un champ où il savait qu'on l'avait vue, et il brandissait... devinez quoi ?... une canette de bière ! Cela la faisait toujours redescendre en flèche. Papa fit de même un jour qu'il se trouvait avec des ramasseurs de champignons ; ceux-ci l'ont, paraît-il, regardé d'un air curieux. Peut-être ont-ils cru qu'ils avaient affaire à un fou !

Jackie avait une autre mauvaise habitude. Elle chapardait. Elle ne pouvait résister à ce qui brillait, le prenait et allait immédiatement le cacher dans un coin bizarre. Un jour que papa allumait le feu dans la cheminée du salon, une cascade d'objets divers lui tomba sur la tête : boutons en métal, bouchons de stylo, morceaux de papier d'argent... Une autre fois, c'est dans une gouttière bouchée qu'on découvrit un vrai trésor. Jackie prenait parfois nos affaires par pure méchanceté. Je me souviens d'un certain jour où il n'y avait plus rien pour écrire dans la maison. Elle avait tout pris, et tout caché : crayons, stylos, feutres... Vous pensez bien que personne ne nous a crus, le lendemain, à l'école, quand nous avons expliqué pourquoi nous n'avions pas pu faire nos devoirs ! De plus, quand Jackie nous avait dérobé quelque chose, elle s'amusait souvent avec, refusant de nous le rendre. Là encore, la seule façon de récupérer notre bien était de lui offrir... un petit verre de bière !

C'est cet été-là, justement, qu'on demanda à papa de faire une conférence sur notre refuge. Nous allâmes l'écouter. A peine papa avait-il commencé qu'un monsieur assis au premier rang l'interrompait au beau milieu d'une phrase :

« Dites-moi, monsieur, la responsabilité civile de quelqu'un est-elle engagée lorsqu'il a un animal chapardeur ? »

Papa demanda au monsieur de bien vouloir attendre. Il ajouta qu'il lui en parlerait volontiers, mais plus tard et en particulier.

Il s'avéra que cet homme avait, lui aussi, une corneille noire, qu'il avait recueillie et élevée, comme le jeune ménage dont je vous ai parlé. Chaque fois qu'il avait voulu la relâcher, elle était revenue. Chaque fois qu'elle était revenue, elle lui avait apporté un cadeau. Elle avait dû y prendre goût, car, paraît-il, maintenant, chaque fois qu'elle sortait, elle revenait avec quelque chose dans son bec.

« Cela a commencé par une cuiller à café qu'elle a laissée tomber sur le buffet, dit le monsieur. Le lendemain, elle en apportait une autre. Nous avons maintenant la douzaine complète. Je ne sais vraiment plus que faire.

— Vous en avez de la chance ! s'exclama papa. La nôtre ne nous apporte que des couvercles de boîtes de conserve et des bouts de papier d'argent !

— Mais c'est qu'elle ne s'est pas arrêtée là, dit encore le monsieur en gémissant. Elle continue. Qu'est-ce que je dois faire ? Je n'en veux pas, moi, de ces objets. Si on les trouve chez moi, on va s'imaginer que c'est moi qui les ai volés ! Regardez, je vous ai apporté un échantillonnage... »

Ouvrant un cabas qu'il avait jusque-là tenu bien serré contre son cœur, il en versa le contenu sur une table.

« Grands dieux ! s'écria maman. Mais c'est de l'argenterie ancienne !

— J'avais bien deviné que cela avait de la valeur, soupira le monsieur.

— Avez-vous une idée d'où tout cela peut venir ?

— Non. J'ai demandé à la gendarmerie si quelqu'un s'était plaint d'avoir été cambriolé, et de s'être fait voler son argenterie, mais il paraît que non. Et pourtant, si vous saviez, j'ai tout, rien ne manque : couverts, salières, poivrières... Il y a aussi une collection de petites boîtes dont on se servait autrefois pour le tabac à priser. Tout cela en argent massif... Vous n'en voyez ici qu'une partie, le reste est à la maison. »

Maman se mit à trier les couverts. C'est vrai qu'il y en avait une quantité ! Certains étaient si lourds que je ne voyais pas comment un oiseau aurait pu les transporter longtemps dans son bec.

Papa dut avoir la même idée que moi, car il dit :

« Je ne pense pas qu'elle soit allée bien loin, votre corneille.

— C'est bien ce qui m'étonne, dit le monsieur, car ce n'est pas le genre de choses dont se servent mes voisins. En tout cas, moi, je n'en veux pas ! Pensez donc, je ne voudrais pas être accusé de vol... »

Papa arriva à le convaincre d'apporter le tout à la gendarmerie, et d'y faire une déclaration en règle.

Nous n'entendîmes plus parler de ce monsieur pendant plusieurs mois. Quand nous le revîmes, il avait l'air bien plus heureux. Il avait enfin réussi à remettre sa corneille en liberté, en Écosse. D'autre part, personne n'ayant réclamé l'argenterie, celle-ci était désormais à lui. En vain, les gendarmes avaient-ils essayé d'en retrouver le véritable propriétaire ! Cette histoire est d'ailleurs curieuse, ne trouvez-vous pas ?

Notre Jackie n'a jamais eu aussi bon goût que cette corneille-là. Elle ne nous a jamais rien apporté de valeur — mis à part un dentier dont elle a eu un mal fou à se séparer. Toute une journée elle vola, le dentier dans le bec. Le soir venu, elle finit quand même par le faire tomber... sur la tête de notre agent d'assurances, au moment même où celui-ci sonnait à la porte.

Il était évidemment dommage de mettre dans une volière un oiseau habitué à une telle liberté. Mais avions-nous le choix ? Ce qui nous inquiétait, ce n'étaient pas les chapardages de Jackie mais sa méchanceté occasionnelle. Car nous craignions qu'avec son bec pointu Jackie n'aveugle quelqu'un. Méchante, certes, elle pouvait l'être, sournoise et rusée aussi.

Nous nous en aperçûmes presque par hasard, la première fois que le chien de nos voisins se mit à détaler en hurlant sur la route. Lorsque nous sortîmes en courant pour voir ce qui lui était arrivé, Jackie était perchée sur la barrière. Elle avait l'air fort contente d'elle, d'ailleurs. Tous les chiens et chats du voisinage ayant eu droit au même traitement, Jackie se mit aussitôt en quête

de trouver d'autres victimes. Elle arriva même à faire battre en retraite le vieux colonel qui promène son chien tous les jours après le déjeuner. Chose qu'il n'avait certainement jamais faite devant l'ennemi pendant la guerre !

Nous vivions avec la crainte que Jackie ne s'en prenne à un enfant. Elle aurait eu bien assez de force pour lui crever les yeux de son bec pointu. Les corbeaux et les corneilles sont attirés par tout ce qui brille. Apprivoisés, ils viennent souvent se percher sur vous. Si par hasard vous réagissez de façon inattendue, ils prennent peur et attaquent alors ce qui brille le plus chez l'homme — c'est-à-dire les yeux. Il n'était pas question de prendre un tel risque. Peu après l'incident dont je vous ai parlé, et qui aurait pu être très grave pour maman, nous décidâmes de ne lâcher Jackie que tôt le matin, et de la remettre dans sa volière avant de partir à l'école. Au début, elle revenait toujours quand nous l'appelions, mais, au bout d'un certain temps, elle se mit à faire la sourde oreille. C'est alors que son amour immodéré pour la bière nous fut une vraie bénédiction. Dès qu'elle nous voyait brandir une canette, cette alcoolique de corneille rentrait au bercail. Un matin, maman, par erreur, prit une bouteille vide. A partir de ce jour-là, Jakie ne lui fit plus jamais confiance. Elle ne revenait plus quand c'était maman qui l'appelait, même si, pour lui prouver que la bouteille était pleine, celle-ci versait un peu de bière dans un verre. Maman l'avait trompée une fois, elle méritait donc d'être traitée avec mépris et indifférence.

Jackie habite à la maison depuis très, très longtemps. Son caractère ne s'est pas amélioré, je me demande si elle ne devient pas encore plus sournoise en vieillissant, ce qui est souvent le cas des corneilles vivant en liberté. D'un instant à l'autre, Jackie peut se transformer en un animal méchant et rusé. Sa passion pour la bière n'a pas changé. Je crois même qu'elle empire. Elle estime que chacun de nos visiteurs est tenu de lui apporter à boire. Si l'un d'eux y manque, elle croasse de dépit. Une fois, pourtant, un invité lui a apporté une canette qu'elle n'a pas bue. Elle l'a renversée dans son écuelle, et elle a pris un bain de bière !

10

Le sphinx

Un beau jour, nous nous aperçûmes que l'effraie femelle avait pondu des œufs. Notre future mère, heureuse, couvait... sur ce qui restait des rideaux. Grâce à Chouchou, tout fier, et qui poussait sa compagne chaque fois que nous approchions, nous savions qu'il y avait trois œufs, trois œufs tout blancs. A dire vrai, maman n'était guère enthousiaste :

« Trop, c'est trop ! s'était-elle exclamée. Un nid de hiboux dans une salle à manger, cela dépasse les limites !

— Trop tard, maman, tu n'y peux rien ! lui avait répondu Saint-John.

— Je sais bien... Quand je pense à mes rideaux neufs ! » avait encore gémi maman, qui, au fond d'elle-même, n'avait jamais pardonné ce méfait-là à nos deux effrontées.

Par un curieux hasard, il y avait à la maison, à cette époque-là, d'autres œufs, des œufs très différents toutefois, des œufs de sphinx !

Un jour, nous avions vu arriver notre ami David avec un pot à confiture.

« Regardez, avait-il dit, je parie que vous n'avez jamais rien vu de pareil ! »

Nous regardâmes tous à travers le verre. Au fond du pot, il y avait des feuilles et, sur ces feuilles, ce que je pris d'abord pour une grosse guêpe. Je compris bientôt, cependant, qu'il s'agissait plutôt d'un papillon — d'un papillon dont les ailes sombres me parurent bizarres.

C'est souvent que l'on nous apporte des insectes et des chenilles pour nous demander de les identifier. Ce qui était étonnant, c'était que ce soit David qui nous l'apporte. Car David est, justement, passionné par les papillons. C'est un garçon qui a travaillé la question, et qui est vraiment calé en sciences naturelles. David vit et travaille à la campagne. Ce qu'il sait, il le sait plus par expérience personnelle que pour l'avoir appris dans des livres.

« Il m'est arrivé une drôle de chose, nous dit-il. J'étais dans ce champ, quand j'ai entendu un couinement. Impossible de trouver d'où venait ce bruit incessant ! Et puis, j'ai aperçu ce papillon... D'abord, je n'y ai guère pris garde, je cherchais l'animal qui pouvait couiner comme ça ; j'ai dû faire la haie en long et en large plusieurs fois, avant de réaliser que le bruit venait précisément de l'endroit où était ce papillon-là. Je l'ai donc regardé de plus près, eh bien, croyez-moi, si vous voulez, c'est lui qui couinait comme une souris ! Je ne l'aurais pas cru, si on me l'avait dit ! J'ai bien vu tout de suite qu'il n'était pas normal. Regardez, il n'est pas sortit complètement de sa chrysalide ; ses ailes ne sont qu'à moitié formées. Quand je l'ai trouvé, il s'efforçait en vain de s'envoler. C'est qu'il n'arrive qu'à tourner en rond sur lui-même, il ne s'élève pas à plus de quelques centimètres du sol, mais tout de même le plus étonnant, c'est le bruit qu'il peut faire. Je n'ai jamais rien entendu de semblable !

— En effet, dit papa, ce n'est pas un papillon ordinaire, c'est un sphinx.

— Ça alors, je n'en ai jamais vu de pareil ! s'exclama David. A voir ses ailes levées comme ça, j'ai pensé que c'était un papillon. Si c'est un sphinx, c'est une espèce que je ne connais pas...

— C'est qu'il a quelque chose aux ailes,

dit papa. On dirait qu'elles sont repliées, mais c'est qu'elles ont poussé comme ça. »

Doucement, à l'aide d'une plume, papa ouvrit les ailes de l'insecte. Il avait raison. Le sphinx ne pouvait pas déployer ses ailes. Elles étaient collées ensemble, elles n'avaient pas dû pousser là où il fallait.

Les sphinx sont des insectes fragiles, leurs ailes sont si minces qu'elles en sont presque transparentes. C'est un miracle de la nature qu'un aussi grand nombre sortent de leur chrysalide parfaitement constitués.

« Je crois qu'il s'agit d'une femelle, dit David. Elle couinait pour appeler son compagnon, parce que, dès que je l'ai touchée, elle s'est tue. En revanche, quand je me suis éloigné, elle s'est remise à pousser ses petits cris. Et moi qui croyais connaître toutes les espèces de sphinx qu'on trouve en Grande-Bretagne ! Comme il y avait des étourneaux dans cette haie, et que je savais qu'ils n'en auraient fait qu'une bouchée, j'ai mis l'insecte dans ma besace. Quand je suis rentré, et que je l'ai sorti du sac et pris dans mes mains, voilà qu'il s'est mis à pondre ! J'ai d'abord cru qu'il se soulageait sur moi... Mais si vous regardez bien, vous verrez des œufs, là, sur cette feuille. »

Papa prit le sphinx en faisant très attention. Il l'examina et s'exclama :

« Mais c'est un sphinx tête-de-mort ! Je n'en avais pas vu depuis mon enfance ! On l'appelle ainsi à cause du dessin qu'il a sur la tête, et qui fait penser à une tête de mort. Il pond, en général, sur les plants de pommes de terre...

— Vous avez sûrement raison, interrompit David. Je travaillais dans un champ de pommes de terre quand je l'ai trouvé.

— Il est rare en hiver dans nos régions, continua papa. Il fait trop froid. Il n'y vient qu'en été. Je me demande ce que celui-ci fait ici à cette époque de l'année.

— Est-ce que je peux vous le laisser ? demanda David. Vous avez sûrement plus de temps que moi pour vous en occuper. »

Nous n'allions pas discuter... Et pourtant, maman et papa se plaignent toujours de n'avoir pas le temps de faire la moitié des choses qu'ils voudraient faire. Je suis sûre que beaucoup de gens croient qu'ils passent leurs journées à s'occuper de nos animaux. Comme s'ils ne gagnaient pas leur vie comme tout le monde !

Pour en revenir à ce sphinx, je ne voyais pas ce qu'il allait devenir, puisqu'il ne pouvait pas voler. C'était, en tout cas, et de beaucoup, l'insecte le plus gros que j'aie jamais vu. Il avait la taille du pouce de papa. Ses ailes sombres, bien que difformes, portaient le dessin rouge et beige caractéristique du sphinx tête-de-mort. Son corps était d'un marron tirant sur le jaune. Il avait une raie noire le long de la colonne vertébrale.

Nous garnîmes le fond d'un aquarium de feuilles de pommes de terre et d'un peu de terre. Papa y mit aussi une soucoupe remplie d'eau sucrée. Cela dut plaire à notre sphinx car, immédiatement, il tira la langue, et aspira le liquide.

« Ces sphinx-là aiment le sucré, dit papa. Je le sais parce que les apiculteurs en trouvent parfois dans leurs ruches. Ils vont y chercher du miel. »

Nous ne le gardâmes que trois jours, pendant lesquels il pondit sans arrêt quantité d'œufs minuscules. Il y en avait sûrement plus d'un millier ! C'était triste de voir les efforts stériles que faisait la malheureuse femelle infirme, puisqu'elle n'avait pas de mâle.

« Qui sait ? Certains de ces œufs ont peut-être déjà été fertilisés, dit papa. David ne nous a-t-il pas dit qu'il avait vu d'autres

papillons dans ce champ ? Peut-être s'agissait-il de sphinx tête-de-mort ? »

L'insecte arrêta de pondre le troisième jour. Le lendemain il était mort. C'était comme s'il avait pensé que sa vie, désormais, ne valait plus la peine d'être vécue.

Nous observâmes les œufs plusieurs semaines. Il n'y avait aucun signe d'incubation. Et puis, un jour, on nous apporta deux grenouilles. Il nous fallut l'aquarium. Nous versâmes donc le peu de terre qui y restait, avec les œufs du sphinx, dans un coin du potager. Et nous n'y pensâmes plus.

Quelque temps après, alors que maman

ramassait des pommes de terre, elle m'appela pour que je vienne regarder quelque chose qu'elle venait de déterrer. C'était une énorme chenille d'une bonne dizaine de centimètres de long. Je n'en avais jamais vu d'aussi grosse. Elle était d'un marron tirant sur le jaune, avec des taches sur le dos, deux raies foncées sur la tête, et une curieuse petite queue. Maman la ramassa et l'emporta à la maison pour vérifier dans nos livres. Oui, c'était bien la chenille du sphinx tête-de-mort ! Certains de nos œufs avaient-ils donc fini par éclore ? Car comment croire que d'autres œufs, d'un autre sphinx tête-de-mort, se soient trouvés eux aussi dans notre potager ? Cette coïncidence nous paraît à tous trop incroyable.

Et puis, j'aime à penser que cette chenille est née du pauvre sphinx infirme. Inutile de vous dire que nous la remîmes sur-le-champ là où nous l'avions trouvée. Peut-être un jour entendrai-je, moi aussi, ce couinement si particulier ?

Pendant ce temps, nous attendions à la maison plusieurs naissances. Dans la salle à manger, le premier bébé effraie était sorti de l'œuf. Au raffut que firent les heureux parents, nous sûmes immédiatement qu'il y avait du nouveau. Un soir, au milieu de la nuit, des ululements nous réveillèrent brusquement. Nos voisins aussi !

Savez-vous que depuis maman en a oublié ses rideaux ? Elle ne se soucie plus que de cet oisillon. Celui-ci, en grandissant, deviendra-t-il une effraie normalement constituée à qui nous pourrons, un beau jour, donner la liberté ?

Seul le temps nous apportera la réponse...

Table

Composition réalisée par C.M.L., Montrouge.

IMPRIMÉ EN FRANCE PAR BRODARD ET TAUPIN
Usine de La Flèche (Sarthe).
HACHETTE - 79, bd St Germain - Paris.

ISBN : 2 - 01 - 014848 - 7

32/0432/8